eScucha & canta

eScucha & canta

ABDIEL L. FRANCO

WESTBOW
PRESS®
A DIVISION OF THOMAS NELSON
& ZONDERVAN

Puede hacer pedidos de libros de WestBow Press en librerías o poniéndose en contacto con:

WestBow Press
A Division of Thomas Nelson & Zondervan
1663 Liberty Drive
Bloomington, IN 47403
www.westbowpress.com
844-714-3454

ISBN: 979-8-3850-3550-2 (tapa blanda)
ISBN: 979-8-3850-3549-6 (libro electrónico)

Número de Control de la Biblioteca del Congreso de EE. UU.: 2024920889

Información sobre impresión disponible en la última página.

Fecha de revisión de WestBow Press: 11/07/2024

A la familia Díaz,
gracias por bendecirnos por tantos años
a través de sus talentos y ministerios.

contenido

Sólo canta

Era el primer viernes de agosto. El inicio del último fin de semana antes de que comenzaran las clases. Era la última oportunidad de reunirse libremente sin las preocupaciones de exámenes o tareas. Así que aprovecharon para hacer una campaña de jóvenes. El guitarrista de la iglesia, Emmanuel, aprovechó la ocasión para invitar a su mejor amigo y compañero de hospedaje, Javier, quien era inconverso y aún no había tomado una decisión por Jesús.

La exposición de la palabra estuvo a cargo de un evangelista, de esos que parecía que le habían conectado un cable de 220 voltios. Se notaba que estaba conectado con Dios, porque hasta las visitas podían sentir la unción que tenía. La enseñanza que trajo fue sencilla, pero eficaz, suficiente como para que varios jóvenes entregaran su vida a Cristo, entre ellos Javi. Manny estaba gozoso de que su mejor amigo le entregara su vida a Cristo. Ahora no sólo compartirían su hospedaje, compartirían también a su salvador.

El semestre de agosto a diciembre inició y de igual forma comenzó Javi a congregarse en la iglesia de Manny. Al principio le dio trabajo acostumbrase. La dinámica de los servicios regulares era diferente a la de las actividades especiales como las campañas evangelísticas donde se traían bandas y recursos invitados. En la iglesia sólo estaba el grupo de adoración y el pastor. El nombre del pastor era Roberto Ruíz y tenía dos hijas, Jamie Lee y Alice. Al igual que Manny, Jamie era parte del grupo de adoración. De hecho, Javi, Manny y Jamie eran contemporáneos y estaban comenzando sus estudios en la misma universidad.

Jamie era hermosa. Rubia, ojos color miel, y un cuerpo con medidas de modelo de revista. Sin embargo, su mayor atributo no era su físico, era su voz. Tenía un registro vocal increíble. Sin duda, una de las mejores voces que jamás haya existido. La joven parecía perfecta, pero nada podía estar más lejos de la verdad. Tenía un gran defecto, su actitud. Como sabía que era tan bonita y que cantaba bien, era muy segura de sí misma. Esto hacía que las personas que estuvieran a su alrededor la encontraran orgullosa, prepotente, vanidosa, y sobre todo clasista. La realidad es que ella no se ayudaba. Le costaba socializar con personas que no estuvieran en su círculo de confianza. Tenía todos los atributos de una *prima donna*[1].

El caso de Alice era aún peor. Era más joven y hermosa que Jamie. Su rostro era más atractivo. Su cuerpo tenía mejores atributos, y a diferencia de Jamie su personalidad era encantadora, ya que ella era bien coqueta. Era toda una mamacita. No obstante, toda magia tiene un costo. A pesar de que era menor que Jamie por dos años, había tenido más novios que ella. Y aunque no había perdido aún su virginidad, ya había experimentado una que otra cosa.

Se hubiese esperado que los tres jóvenes contemporáneos tuvieran una buena amistad, ya que asistían a la misma universidad, pero no era así. Manny estaba perdidamente enamorado de Jamie, y no dejaba de intentar conquistarla. Ella ya lo había dado por perdido, así que se limitaba a interactuar con él solamente lo necesario. Y en el caso de Javi, ella no interactuaba con él. No era nada personal, simplemente ella era una bicha[2], y no interactuaba con nadie que no estuviese en su círculo social.

Javi ni siquiera había pensado en esto. A él no le importaba quién le hablaba o dejaba de hablarle. Él estaba en su primer amor. El joven se hizo formalmente miembro de la iglesia y aprovechó ese primer semestre de agosto a diciembre para tomar el discipulado de creyentes recién convertidos.

Llegado el mes de diciembre, hicieron una gran celebración de Navidad en la iglesia. Manny le pidió permiso al pastor para que Javi pudiera acompañar al grupo de adoración en la guitarra acústica. El pastor no tuvo ningún reparo, pues había visto el progreso del joven durante las clases de nuevos creyentes.

---

[1] Fémina que se cree superior a los demás.
[2] Anglicismo de *bitch*. Mujer arrogante, antipática y altanera.

Javi continuó creciendo espiritualmente. De enero a mayo comenzó a participar de los estudios bíblicos que ofrecían durante la semana. Además, comenzó a reunirse en la casa del pastor cada dos semanas para discutir sus dudas y tener un tiempo de pastoreo. Cuando iba a la casa del pastor, veía a Jamie, pero esta ni le hablaba. Ella subía a su cuarto en la segunda planta o se quedaba haciendo lo que estuviera haciendo, ver televisión en la sala o perdiendo el tiempo en el celular.

En menos de un año Javi había profundizado tanto en el Señor que tenía más conocimiento bíblico que otros hermanos que llevaban más tiempo en la fe. Definitivamente, sabía más que cualquier otro recién convertido.

Eran mediados de mayo cuando le llegó una oferta de internado a Manny. No sabía si aceptarla.

- Loco, tienes que aceptarlo. Es una puerta que el Señor te abrió – le dijo Javi.
- Ajá, ¿y quién va a tocar por mí mientras estoy fuera? No puedo dejar la iglesia descubierta – le respondió Manny.
- Yo te puedo cubrir.
- ¿De veras?
- Sí, cuenta conmigo.
- Pues si el pastor te da el visto bueno para tocar, yo acepto – afirmó Manny.

Como el pastor les dio el visto bueno, ese verano Manny se fue de internado y Javi lo sustituyó como líder del ministerio de adoración. Él estuvo liderando los ensayos y al ministerio de adoración durante los devocionales. A diferencia de Manny, Javi era bien creativo y talentoso para hacer arreglos. Aunque no era un músico de estudios profesionales, era muy hábil. Comenzó a introducir otros arreglos para las canciones y a cuadrar voces para los cánticos. Por esta razón comenzó a compartir más tiempo con Jamie, quien era la cantante principal. Sin buscarlo, Javi entró a su círculo. A Jamie le encantaban los arreglos de Javi, y se sentía retada por las armonías de voces que él proponía. A pesar de lo hermosa que era, a diferencia de Manny, él no se sentía intimidado por ella. Si él tenía que presionarla para que mejorara lo hacía. A ella le gustaba la dinámica que había entre los dos.

Un día, antes de que comenzara el ensayo del grupo de adoración, Jamie estaba muy ansiosa y lloraba porque *no daba pie con bola*[3] en su clase de verano. Ella pensaba que iba a fracasar. No sabía cómo canalizar sus emociones.

- Jamie, mírame. Respira. Hacia adentro y hacia afuera, y sólo canta.
- ¿Qué cante?
- Sí, canta. Sólo canta…

El joven comenzó a hacer una melodía vocal frente a ella.

Definitivamente no tenía una voz como la de ella, pero podía entonar. No era la voz más armoniosa del mundo, pero tenía una fuerza y una seguridad que contagió a la joven. Jamie estaba reacia a hacerlo, pero Javi terminó convenciéndola y se unió a él en la armonización. Sin darse cuenta ella comenzó a cantar espontáneamente. Su sugerencia había funcionado. La fuerza que tenía que hacer en su diafragma, en sus pulmones al cantar le servía para descargar esa ansiedad que tenía. Javi continuó acompañándola y de un ejercicio terapéutico terminaron teniendo un tiempo hermoso donde sintieron la presencia de Dios. Desde ese momento, Javi se ganó el respeto, la confianza y de cierta forma hasta la admiración de la joven.

Otro día que Javi había ido a la casa pastoral para su discipulado, Jamie finalmente le habló y le preguntó:

- ¿Trajiste tu guitarra?
- No, ¿por qué? ¿Debí traérmela? – le preguntó.
- Para la próxima te la traes, ¿OK? – le dijo con una voz juguetona que rayaba en lo coqueta.
- Sí, señorita – le contestó intrigado por la solicitud.

Tal como solicitado, Javi trajo su guitarra ese próximo discipulado. Al final el tiempo de mentoría Javi fue hasta la sala donde estaban las

---

[3] Dicho coloquial para describir que la persona se está equivocando repetidamente.

hermanas y sacó su guitarra. Tuvieron un gran tiempo de diversión y adoración. A partir de ese momento, comenzaron a aprovechar cada vez que se veían para tener sesiones musicales. En ocasiones antes o después de los ensayos; él sacaba la guitarra y la acompañaba mientras ella se ponía a cantar.

Un día de disculpado cuando Javi se marchó la pastora le preguntó a su esposo:

- ¿Crees que está interesado genuinamente en el discipulado o viene aquí por ella?
- No la ha mencionado ni una sola vez. Creo que es a la inversa. Ella es la que está interesada en él – respondió el pastor.

Los días siguieron pasando y comenzaron a textearse y a llamarse más. Las cosas les iban bien a los dos, hasta Jamie pasó su clase de verano de manera satisfactoria. Un día, ya a finales de verano, Jamie le comentó a Javi sobre un concierto cristiano que iba a haber.

- ¿Quieres ir? – le preguntó él.
- ¿Me estás invitado? – respondió ella.

Javi no se había referido a eso, pero al entender la indirecta directa no perdió la oportunidad.

- ¿Te gustaría ir conmigo?
- ¡Claro que sí!

Varios jóvenes de la iglesia, incluyendo Alice, se pusieron de acuerdo para ir juntos al concierto. De modo de que no fue una salida exclusiva de ellos dos. A Jamie no le molestó, siempre y cuando él la acompañara.

Esa noche durante el concierto, la banda tocó la primera canción que él y ella habían cantado juntos. Jamie tomó la mano del joven y brincó de emoción. Luego la soltó al percatarse. Durante el cántico hubo un mover del Espíritu muy hermoso. Al finalizar la alabanza ambos se miraron sorprendidos por lo que acababa de ocurrir. Se quedaron varios segundos mirándose y sin poder evitarlo se acercaron el uno al otro y se besaron. Fue un beso bien dulce. Alice aplaudió con alegría al presenciar el momento. Jamie no sabía si alguien más los había visto, pero no importaba, todos sabían que se gustaban, inclusive antes que ellos mismos. Ambos trataron de continuar disfrutando del concierto como si nada hubiese pasado, pero ninguno de los dos podía dejar de pensar en el tierno beso.

Roberto buscó a sus hijas al finalizar el concierto. Jamie no estaba segura de cómo despedirse de Javi. ¿Debía abrazarlo? ¿Volver a besarlo? Ella se fue a la segura y se limitó a darle un beso en la mejilla como era típico de su cultura.

La próxima ocasión que estuvieron solos, Jamie tomó la iniciativa e intentó besarlo, pero el joven no lo permitió.

- ¿Qué sucede? – preguntó ella incrédula – ¿No te gusto?
- Claro que sí, no es eso. Es Manny.
- ¿Qué hay de él? – preguntó ella.
- Él es mi mejor amigo y está muy enamorado de ti. Me gustaría decirle lo que está pasando entre nosotros, pero no por teléfono, no es lo correcto. Debería ser en persona.

Jamie no sabía qué decir. Entendía lo que Javi decía, pero ella no quería esperar.

- Si nuestra relación proviene del Señor no debe causar daño – continúo Javi diciéndole – Le puse una señal al Señor. Si Él está respaldando nuestra relación, Manny lo va a tomar bien. De lo contrario, lo nuestro a la larga no va a funcionar. ¿Me entiendes?
- No es lo que quiero, pero sí, te entiendo – dijo visiblemente decepcionada.
- Hey, ánimo, ¡ya Manny llega esta semana! Además, estoy confiado en que Dios está detrás de las cosas lindas que están sucediendo entre nosotros. Sólo no quiero que Manny llegue y vea que ya somos pareja sin yo haberle dicho nada antes. Está mal – concluyó.

El mismo día que Manny llegó, Javi lo abordó con el tema. Para su sorpresa Manny tenía que compartirle algo también.

- Te agradezco que hayas tenido la deferencia de haberme dicho antes. Significa mucho para mí y nuestra amistad. Pero no te tienes que preocupar por mí. Jamie es cosa del pasado. Allá conocí a esta chica que se llama Grace y ahora estamos saliendo.

Javi estaba que no cabía de la alegría. No solamente estaba gozoso por su amigo, del cual se alegraba de verdad, sino que Dios había confirmado su señal. Los dos amigos se fundieron en un abrazo, mientras irradiaban de alegría.

Al día siguiente fue a casa de los pastores a pedir la entrada de la casa.

- ¿Javi que haces aquí? Hoy no es día de discipulado – preguntó Roberto al abrirle la puerta.
- Sí, lo sé, el propósito de esta visita es diferente. ¿Podemos hablar?

Jamie se sorprendió a ver al joven en su casa y se emocionó. Subió rápido a su cuarto a cambiarse de ropa porque no estaba vestida apropiadamente como para recibirlo. Durante su conversación con Roberto le expresó sus intenciones de formar una relación con su hija y de cómo le había puesto una señal a Dios para que confirmara su unión.

- Ya era hora. Yo creo que todo el mundo lo sabía menos ustedes – bromeó Roberto.
- La dinámica que tienen es bien bonita y la manera en que ministran juntos bendice a mucha gente – comentó la mamá.

Esa noche Javi se quedó a comer con la familia pastoral y fue la primera de muchas visitas al hogar.

Con el regreso de Manny había un poco de incertidumbre en el grupo de adoración. Se habían acostumbrado al estilo de Javi y no querían que dejara de ser el líder. Ese primer ensayo, cuando vieron que los dos llegaron juntos, no sabían qué esperar. Para beneficio del ministerio no tuvieron por qué preocuparse. Los amigos habían llegado como un frente unido. Manny apoyaba a que su amigo se quedara a cargo de la dirección, eso le permitiría enfocarse en aprenderse los arreglos nuevos, practicar sus solos de guitarra eléctrica y disfrutar el hecho de simplemente tocar. Algo que se le hacía difícil hacer cuando estaba dirigiendo.

Sin embargo, no fue el único cambio que hubo. Alice había audicionado[4] para entrar al ministerio de adoración. Para sorpresa de muchos ella cantaba muy bien. Su voz era muy parecida a la de su hermana, aunque Jamie seguía teniendo la mejor voz. El pastor estaba que no cabía de la alegría, sus dos hijas ministrando en la iglesia. Era un sueño hecho realidad. Parte del crédito era de Javi. No sólo había llevado al ministerio a otro nivel, sino que de alguna manera había inspirado a Alice a unirse.

Javi esperaba que con el tiempo el grupo fuera creciendo sin depender de él. Era importante que lo hicieran porque de lo contrario sus planes futuros afectarían al ministerio. Un día mientras comían en una de sus salidas de pareja le compartió sus planes futuros a su amada.

- No es un secreto que cantas brutal. Siendo completamente honesto tu voz es una de las mejores que he escuchado en mi vida. Y lo digo en serio, no estoy tratando de acumular puntos.
- Gracias – le dijo Jamie con una sonrisa.
- ¿Te ha hablado Dios sobre tener un ministerio? ¿Te gustaría tenerlo? En un futuro, me refiero.
- Sí, Dios me ha dejado claro que mi ministerio es ministrar a través del cántico. No solamente cantar, sino ministrar. Hay muchas personas que cantan, pero no todas ministran.
- Cierto, ¿y qué te falta para llegar allí? ¿Cuáles serían tus próximos pasos?

La joven respiró hondo por un momento, y reunió sus pensamientos. Lo que era un casual almuerzo se había convertido en una sesión filosófica.

- Supongo que prepararme mejor. Yo canto bien, pero no me viene mal tener un fundamento, saber técnicas.

---

[4] Anglicismo derivado de la palabra *audition*.

- ¿Y por qué no tomas clases?
- ¿Además de las de universidad? ¡No tengo mente ni tiempo para eso!
- No, me refería a por qué no te dedicas a estudiar eso a tiempo completo.
- ¿Qué mi profesión sea cantar?
- ¿Por qué no? ¿No dijiste que Dios te había dicho que ibas a ministrar?
- No lo sé, no creo que pueda dedicarme a sólo ser cantante.
- ¿Por qué no? Revisemos los hechos, eres la mejor, y sobre todo Dios te llamó.
- No lo sé, ni si siquiera tengo canciones escritas.
- Las canciones son lo de menos. Tú sólo canta y las canciones llegarán.

Javi le había dañado la mente a la joven, de cierta forma le había movido el suelo con la idea tan descabellada y audaz que le había sugerido.

- Si eso es lo más que te gusta hacer y lo que Dios te llamó, yo lo haría, porque eso es exactamente lo que voy a hacer.
- ¿Vas a estudiar canto?
- No, quiero estudiar en el seminario a tiempo completo.
- ¿Qué? ¿Estás loco?
- Siento que Dios me está llamando, y tengo que obedecer. Ya solicité y le puse una señal a Dios para asegurarme que no es una emoción. Vamos a ver.
- ¿Y cuál es la señal?
- ¡Si te digo no se da! – le dijo entre risas.

El pastor sí sabía cuál era la señal. Antes de dialogar con Jamie, el joven le había compartido a su mentor sus futuros planes. Roberto estaba preocupado por el cambio radical que iba a hacer el joven y todo lo que implicaba, pero ambos estaban orando fervientemente por eso. Si Dios estaba realmente en el asunto todo iba a salir bien.

Un día, Roberto encontró a Jamie cabizbaja en la mesa del comedor.

- ¿Qué sucede cariño?
- Me llegó la carta que estaba esperando.
- ¿Qué carta?
- La de aceptación. Estaba deseando que me denegaran, pero no, me aceptaron – dijo Jamie enseñándole la carta a su papá.

La cara del progenitor cambió de mil colores al ver el encabezado de la carta. Decía "The Juilliard School". El hombre se llevó las manos a la cabeza despertando la preocupación en su hija.

- ¿Qué pasó papi? ¿Estás bien?
- Me temo que tendrás que aceptar – dijo con profunda tristeza – Esta fue la confirmación que Javi le puso al Señor.

Ambos se quedaron en silencio por unos segundos. Aunque eran noticias buenas causaban ansiedad por todo lo que conllevaban.

- ¿Él lo sabe? – le preguntó el papá.
- No, él no sabía que había solicitado ni a donde.

Semanas antes de que se relocalizaran a la costa este, Alice se reunió con Javi. Ella confiaba más en él de lo que confiaba en su propio papá. Durante la conversación le pidió salirse del ministerio de adoración por un tiempo. Ella no se sentía apta para ministrar.

- Te agradezco que te hayas reunido conmigo, y quiero que sepas que respeto tu decisión. Ahora bien, como líder es mi responsabilidad dejarte saber que a veces el enemigo se interpone para desanimar cuando uno está sirviendo.

El joven iba a continuar su línea de pensamiento cuando fue interrumpido abruptamente por la joven:

- ¡Estoy en pecado!

Javi guardó unos segundos en silencio reconociendo la valentía que tuvo la joven para abrirse y admitir el estado en cuál se encontraba.

- ¿Quieres hablarme de eso? Digo, sólo si tú quieres.
- Llevaba meses saliendo con este muchacho que conocí en las redes. Él es inconverso y poco a poco fuimos pasándonos de la raya, hasta que terminamos haciéndolo… Ya no puedo seguir con la doble vida que llevo. Ya no quiero seguir mintiéndole ni fallándole al Señor. Necesito un tiempo para poner mi vida en orden. No puedo pretender seguir ministrando así…

El líder abrazó a la joven quién comenzó a llorar. Cuando Alice se calmó hizo una oración con Javi para reconciliar su vida con el Señor.

- Por favor no le digas nada a papi. Enloquecería si llega a enterarse.
- No puedo hacer eso. Lo que sí puedo hacer es decirle que hable contigo si me pregunta por qué ya no estás cantando. ¿De acuerdo?
- De acuerdo…

Los jóvenes se abrazaron nuevamente y ella le dijo:

- Gracias Javi. Eres el mejor cuñado. Aunque de novio eres mejor – le dijo tirándole una indirecta. Parecía que ella era un caso perdido.
- Sí, pregúntale a tu hermana – respondió desmantelando cualquier cizaña. No pudo haberle dicho una mejor contestación.

El pastor tenía la descabellada idea de que la pareja se casase antes de comenzar a estudiar. No quería que le pasase nuevamente lo que sucedió con Alice. Sí, tuvo la difícil conversación con ella y se enteró de lo que le pasó. Si los casaba se quitaba cualquier preocupación sobre si podían caer en una tentación. Si la idea del pastor era desquiciada más era la respuesta de Javi. Otro joven en su lugar le hubiese arrancado la mano al pastor. Hubiese aceptado la bendición paternal y pastoral y se hubiese casado con la chica de sus sueños. Sin embargo, Javi no quería que la sensualidad que traía el matrimonio fuera a serle de impedimento para que ambos completaran sus estudios. Él quería casarse con Jamie cuando ambos terminaran sus estudios. Ninguno de los dos hombres hacía sentido.

Esas navidades, se mudaron a la costa este. Javi se relocalizó para Nueva Jersey, ya que iba a estudiar en el prestigioso Seminario de Princeton. En cambio, Jamie iba para Nueva York que era donde estaba ubicada la ostentosa escuela de Juilliard. Aunque eran dos estados diferentes, la pareja estaba relativamente cerca. Era un viaje de una hora en auto o dos horas en tren. Era la distancia perfecta para evitar que se quemasen por la cercanía o que se dejasen por la lejanía.

En efecto, la distancia no fue un problema para la pareja. A veces él iba a visitarla, en otras ocasiones ella lo visitaba a él. Se podían visitar en la semana o durante el fin de semana. Todo dependía de la carga académica de ambos. La presencia del uno al otro servía de motivación y no de distracción, tal como lo quería Javi. Ellos estaban contentos de que estaban saliendo bien en sus respectivos programas y estaban manejado adecuadamente su mayor reto que era la distancia. Sin embargo, por más que trataron de anticipar y prepararse, los retos les llegaron de una forma u otra.

Eran finales de mayo cuando Jamie recibió esa fatídica llamada. Las clases se habían acabado. Estaban preparando sus cosas para regresar a casa cuando el teléfono sonó. Jamie se imaginó lo peor cuando escuchó a su madre llorando desconsolada, no podía articular palabras.

- Tu hermana intentó quitarse la vida, bebé… – dijo finalmente entre sollozos – Había tanta sangre… ¿Puedes venir a casa por favor?

Jamie soltó el teléfono y fue reducida a lágrimas. Su mente de mujer al fin y al cabo generó un millón de pensamientos en un segundo. Fue inundada por una profunda tristeza y sobre todo culpa.

- Si hubiese estado allí – comenzó a pensar una y otra vez sin detenerse.

Javi tomó el teléfono y le dio espacio a la joven.

- ¿Buenas?

- ¿Pueden venir? – preguntó Evelyn.
- Sí, salimos hoy mismo para allá – respondió Javi sin saber qué había sucedido. No obstante, por el panorama pudo deducir que no había sido nada bueno.

Entre sus puntos de recompensas, ahorros y tarjetas de crédito pudieron hacer la maniobra de viajar el mismo día. Los jóvenes fueron directo al hospital donde tenían internada a Alice. La presencia de ellos en el lugar era como un ungüento, como un refrigerio. Los padres necesitaban ese apoyo emocional para afrontar lo que estaban viviendo. Los abrazos y lágrimas sobreabundaron en el reencuentro. Cuando estuvo lista, Jamie fue a ver a su hermana.

Alice estaba despierta. Estaba pálida, había perdido mucha sangre. Tenía vendados sus brazos, ocultado la evidencia de su episodio. Jamie trató de ser fuerte, pero no estaba lista para ver a su hermana así.

- Está tan jincha[5] y flaca. ¿Qué rayos le pasó? No estaba así cuando le dejé de ver – pensó ella para sí.
- Hey – le dijo a su hermana.
- Hey – contestó.

Guardaron silencio por unos segundos. No sabían qué decirse la una a la otra. A Jamie se le bajaron las lágrimas y abrazó a su hermana con todas sus fuerzas. No podía creer que por poco la perdía.

- Te amo – le dijo Jamie con la voz cortada.
- Y yo te amo más – le respondió.

Javi pudo haber entrado al cuarto y haber hecho un chiste para cambiar el ánimo. O pudo haber entrado con su guitarra y haber tenido un tiempo de adoración, pero él entendió su rol. Lo mejor que podía hacer era absolutamente nada. Lo mejor que podía hacer era darle espacio a la familia y estar listo para ayudar en lo que necesitasen.

Los pastores tuvieron a bien que Javi se quedara con ellos. Como

---

[5] Una persona con piel extremadamente pálida.

ya no estaba estudiando en esa ciudad, ya no tenía hospedaje, porque Manny se había conseguido otro compañero de casa.

Cuando la crisis hubo pasado tuvieron una reunión familiar para entender qué había sucedido. ¿Qué pudo haberle pasado tan malo a Alice para que ella hubiese querido atentar contra su vida? Resulta ser que a Alice la habían extorsionado sexualmente. Su expareja había subido videos explícitos de ellos intimando en varios sitios de pornografía. El panorama se complicó cuando los padres se enteraron de que este individuo era mayor de edad al momento de cometer los actos. Alice todavía era una menor de edad lo cual constituía ante la ley federal una violación técnica.

Roberto y Evelyn no tuvieron otra opción que ir en contra de la voluntad de Alice y radicar cargos contra el extorsionador. Ella simplemente quería que borraran los videos y pasar la página. Los agentes federales arrestaron al individuo y con ayuda legal lograron que quitaran los videos. No obstante, no había garantía que otra persona los volviera a subir ya que una vez algo es publicado y está accesible al público no hay forma de eliminarlo por completo.

Jamie también quería pasar la página. Últimamente de lo único que se hablaba en su casa era de la situación de Alice. La culpa y la tristeza aún la invadían. Ella hubiese querido haber estado allí para su hermana. Lo más fácil hubiese sido haber acusado a Javi por lo sucedido. Él fue el que le sugirió que se cambiara a estudiar canto. Pero no era del todo cierto, la razón por la cual ella no estuvo allí disponible para Alice era porque estaba en otra ciudad. Quien había decidido solicitar y aceptar estudiar en Juilliard no fue Javi sino ella. Así que no podía responsabilizarlo. Si había que responsabilizar a alguien por lo sucedido en todo caso debía ser a ella.

Entonces otro pensamiento peor la invadió, ¿qué tal si realmente ella hubiese muerto? No se perdonaría que su hermana no estuviese en su boda. No podía imaginarse vivir ese momento sin ella.

- Tenemos que casarnos – dijo al entrar al cuarto de huéspedes donde estaba Javi acostado.
- ¿Cómo? – reaccionó entre dormido y despierto.

La joven se sentó en la cama mientras su novio se incorporaba.

- Estuve así de cerca de perder a mi hermana, ¿y sabes lo que pensaba?
- ¿Qué?
- Que nunca estaría en mi boda. Que nunca iba a poder vivir ese momento con ella. No me quiero volver a arriesgar. Ya escuchaste a papi, él nos dio su bendición. Deberíamos aprovechar que es verano y que estamos todos y deberíamos casarnos.
- ¿Casarnos? ¿Ahora? ¿Y las clases? ¿Qué tal si nos desenfocamos y nos afecta?
- ¿Tú me amas?
- Sí, más a que todo.
- Entonces, cásate conmigo.

Estaba decidido, habría boda. No ocurrió de la forma más convencional donde el varón se arrodillaba y ella decía que sí, pero sí sería una unión nacida del amor. Ahora la incógnita era cómo le comunicaban el mensaje a la familia que ya de por sí habían pasado por mucho.

Todos estaban reunidos en la sala para tener otra reunión familiar. Estaban tratando de anticipar de qué sería la reunión.

- Quizás dejan de estudiar y se regresan para atrás – pensó Evelyn.
- ¡Van a tener un bebé! – pensó emocionada Alice.

En su subconsciente siempre estaba la posibilidad de una boda, pero lo habían dado por descartado porque habían rechazado la oferta del pastor.

- Familia, gracias por reunirse con nosotros así de repente – comenzó Jamie rompiendo el hielo – queremos compartir con ustedes unas noticias.
- Hace un tiempo atrás papi sugirió que nos casáramos antes de comenzar a estudiar y desistimos de la idea porque pensábamos que nos sería de impedimento para enfocarnos en nuestros estudios – continuó ella exponiendo.
- Pero él tenía la razón, porque es todo lo contrario – dijo Javi.

- Si hay algo que nos ha enseñado este tiempo es que estando juntos como familia es que podemos atravesar cualquier situación.
- Nos hemos dado cuenta de que estando juntos somos más efectivos, que nuestra unión ha sido de bendición – añadió Javi.
- Por lo que queremos informarles que… ¡vamos a casarnos! – exclamó Jamie.

La emoción se apoderó de Evelyn quien se llevó las manos al rostro mientras las lágrimas se le salían. Alice brincó de alegría y aplaudió de la emoción. Fue como si la hubiesen resucitado. Su rostro se iluminó, estaba realmente feliz. Roberto había cambiado de opinión al ver que los jóvenes lograron tener un exitoso semestre académico cada uno por su cuenta. Ya no estaba tan convencido de que la mejor opción era casarse. Sin embargo, al ver la reacción de su esposa y ver a Alice tan alegre después de tanto tiempo, no tuvo otra opción que seguirles la corriente. Necesitaba devolverle la alegría a Alice, y qué mejor manera de hacerlo que a través de la felicidad de Jamie Lee.

Roberto saludó y abrazó a su discípulo y ahora hijo mientras que Alice y Jamie brincaban tomadas de las manos. La euforia se había apoderado de las dos.

- Hijo – le dijo Roberto a Javi.
- Padre – respondió él con una sonrisa.
- Felicidades. Qué bueno que tomaste mi consejo. El que oye consejo…
- Llega a viejo – le terminó el proverbio al suegro.

El padre le dio un fuerte abrazo a su hija y le dio un beso en la cabeza. Estaba feliz, pero triste a la vez porque su niña pronto se le iría.

- Felicidades bebé. Mereces ser feliz.
- Todo el crédito es tuyo. La idea fue tuya, nosotros simplemente la tomamos.

El pastor no supo qué decir. Dentro de sí hubiese deseado nunca haberla sugerido en primer lugar.

- Ven, tenemos tanto que planificar – le dijo Jamie a Alice tomándola de la mano mientras subían al cuarto.
- Sí, ¡tengo tantas ideas! – exclamó la joven de emoción.

Sin embargo, al ver sus hijas tan alegres. Al ver el giro de 180 grados que había dado en su hogar. De estar de luto a alegría, pensó para sí mismo:

- Quizás era lo mejor. Los senderos del Señor son misteriosos.

Jamie y Javi se casaron a finales de verano. La sencilla pero hermosa ceremonia se llevó a cabo en las facilidades del templo. Como era de esperarse, Manny fue el padrino, y Alice la dama de honor. La boda la oficializó el mismo Roberto, quien quería entregar y casar a su primogénita. La actividad se dio sin ningún contratiempo a pesar de haberse preparado en poco tiempo. Hasta Jamie y Javi tuvieron una participación musical, ella no iba a dejar pasar la oportunidad de cantar en su propia boda. Alice también les dedicó una pieza musical. Hubo de todo, sus allegados se inundaron en cariño hacia ellos, realmente fue un día muy especial.

Roberto utilizó sus ahorros y aprovechó que los ahora esposos tenían que regresar al área de Nueva York para tener un viaje familiar. Durante las vacaciones vieron el *World Trade Center*, la Estatua de la Libertad, y hasta tuvieron la oportunidad de visitar las Cataratas del Niágara. Los esposos se unieron a la familia luego de pasar algunos días de luna de miel en un hotel frente al *Central Park*.

Días antes de que empezara el nuevo semestre, Roberto, Evelyn y Alice regresaron a su hogar. Felices, unidos, con un nuevo aire. Alice hasta recuperó un par de libras de las que había perdido. Estaba estable, poco a poco volvía a ser la misma de antes.

La mayor parte del nuevo semestre de agosto a diciembre transcurrió sin mayores contratiempos. Javi se mudó para el apartamento de Jamie en Nueva York, y modificó su horario de clases para no tener que ir al campus todos los días. Cuando tenía que ir a la universidad, tomaba el tren. Él no hubiese tenido inconvenientes en haberse quedado en Nueva Jersey como el semestre pasado, pero Jamie le había dejado claro que ella no se había casado para dormir sola.

No obstante, cuando todo parecía estar estable, vino una crisis aún peor. De alguna forma la defensa del agresor de Alice había logrado que el caso llegara a juicio. El mismo estaba pautado para mediados de diciembre, la misma semana en la que eran los exámenes finales de Jamie. Alice no iba a testificar al menos que su hermana estuviera presente con ella, quien era su piedra angular. Jamie le había prometido estar allí. Una promesa que no necesariamente iba a poder cumplir.

Fue la tormenta perfecta para las hermanas. Su última evaluación era el día antes del juicio. Había tratado de hablar con sus profesores – o jueces, como se les conoce – para adelantar la fecha de su evaluación final pero la disponibilidad de ellos lo imposibilitaba ya que Jamie no era la única estudiante que tenían que evaluar. Finalizada su evaluación, Jamie salió de inmediato para el aeropuerto, pero era la semana antes de Navidad y estaba nevando, el tráfico estaba imposible. Lamentablemente había llegado tarde para su vuelo y lo había perdido. No obstante, todavía quedaban espacios para el próximo y último vuelo del día. Los esposos esperaron, esperaron y esperaron por el avión, pero nunca llegó. Podían haber intentado llegar utilizando un vuelvo con escalas, pero se había desatado una horrible tormenta de nieve. Ningún avión podía llegar o salir del JFK[6].

Mientras tanto Alice estaba ansiosa, su hermana aún no había llegado. El equipo legal de ella había hecho el mejor trabajo preparándola para testificar, pero sin Jamie ella no lo iba a hacer.

- Estamos varados en el aeropuerto. Hay una tormenta de nieve. Pero salimos en el próximo vuelo una vez permitan salir – le dijo a su hermana por teléfono.
- ¿Pero vas a llegar? ¿Cierto? – preguntó temerosa.
- Sí, sí, voy a estar allí, lo prometo – le dijo con toda la seguridad del mundo. Aun sabiendo que estaba fuera de su control.

Javi quería que se quedaran en un hotel dentro del aeropuerto esa noche, pero Jamie quería estar en el terminal tan pronto reanudaran los vuelos, así que durmieron esa noche en las sillas del terminal. Estuvo nevando toda la noche, las condiciones climáticas no mejoraron hasta

---

[6] Aeropuerto John F. Kennedy.

temprano en el día. Aunque tomaron el primer vuelo directo estaban irremediablemente tarde para llegar a tiempo al juicio.

Trataron de dilatar el juicio lo más que pudieron. Pidieron recesos, adelantaron a otros testigos. Estaban tratando de comprarle todo el tiempo que podían a Jamie.

- No tienes que testificar si no quieres bebé – le dijo Roberto a Alice en una de las pausas.
- No, tengo que hacerlo. Quiero seguir con mi vida, quiero que esto se acabe ya.
- No tienes que hacerlo, podemos retirar los cargos y nos vamos para casa – reiteró su papá al verla tan ansiosa.
- No es tan fácil, ya a estas alturas el estado es el que está radicando los cargos – mencionó el abogado – pero puedo hablar con el fiscal de distrito.
- No me estás ayudando – reaccionó Roberto.
- Lo siento – respondió el letrado – Puedo intentar posponer el proceso para otra fecha, pero sería para el año que viene. Ya la semana entrante es Navidad y todos se van de receso.
- Tengo que ser honesto contigo Roberto – le dijo el abogado al padre, sacándolo aparte – Esto no se ve bien. Tenemos un caso sólido, pero al posponerlo nos hace ver débiles y la defensa entonces gana el momento.
- No me importa, mi hija no está bien. Haz lo que tengas que hacer, pero posponlo. Es lo que debimos haber hecho desde el principio.

El licenciado se fue para hablar con la jueza, mientras que el papá buscaba tranquilizar a su hija.

- ¿Estás bien? ¿Quieres algo? ¿Te traigo agua?

Alice asintió y entonces el padre salió brevemente.

- Voy para el baño, voy a echarme agua en la cara – le dijo Alice a su mamá.
- ¿Quieres que te acompañe? – le preguntó Evelyn.
- No, vuelvo ahora. Es bien rápido – respondió.

La joven salió y de camino al tocador se encontró con su victimario.

- Pide todos los recesos que quieras. Al final todos van a ver lo que eres, una (censurado) – le dijo el joven con una sonrisa en su rostro.
- ¿Qué haces? – le gritó el abogado del joven – No deberías estar cerca de ella y mucho menos hablarle.

Las palabras del hombre fueron un detonante. Por más que intentó no pudo sacudirlas dentro de su interior. Se echó agua, se miró en el espejo. Y todo lo que pudo ver fue un fracaso. No podía ver más allá. Todo lo que recordaba eran sus errores. Y saber que en breve tenía que admitirlos frente su familia y completos desconocidos estando completamente sola la aterró. Ella no quería que sus padres ni nadie supieran todo lo que ella había hecho, ella no quería que la recordaran así. Ella quería que se acabara ya todo. Quería concluir ese episodio. No podía pensar claramente, todo lo que había en su cabeza era ruido, y estaba desesperada en apagarlo. Entonces brincó.

Sólo Dios sabe lo que ella pensó esos últimos segundos, si es que llegó a pensar algo. Lo que sí se puede decir es que el tribunal se llenó de gritos. Y lo que ocurrió a continuación fue tan doloroso que no había palabras para narrarlo.

Jamie sabía que en el tribunal había policías, pero la cantidad de primeros respondedores que había era tanta que sabía que algo malo había ocurrido. Los jóvenes estaban intentando ingresar al edificio, pero no podían ir más allá de las vallas. Entonces se escuchó a una oficial de la uniformada decir:

- Déjenla pasar, ella es la hermana.

La joven corrió lo más rápido que pudo hasta adentro cuando se encontró con el cuadro. Su madre arrodillada en el suelo gritando mientras sostenía el cuerpo inerte de su hermana. Entonces su mundo y ella literalmente se vinieron abajo.

No había forma de describir el sentido de derrota que había en la familia. ¿Qué podían decir en su funeral? ¿Qué palabras de aliento pudieran decirle a la familia? La joven se había suicidado, punto. Todo estaba perdido. ¿Cómo un padre... cómo un pastor procesaba eso? ¿Qué paz podía sentir la familia, cuando su historia con Alice quedó inconclusa? No hubo un adiós, un hasta luego, un abrazo, un beso. Todo lo que quedaron fueron conversaciones sin terminar, y en el caso de Jamie no la pudo volver a ver por última vez.

Este punto de la historia es muy triste, pero muy cierto. Según como Roberto enterró su hija, enterró su ministerio. Había fallado, él estaba terminado. ¿Con qué moral podía pretender cuidar una grey cuando no pudo cuidar su propia familia? Su propia hija, su sangre. Eso sin mencionar, cómo se sentía con Dios. Él estaba tan molesto con Dios. Había dedicado toda su vida al Evangelio. Sus mejores años los dedicó al ministerio. A través de él se habían salvado tantas vidas y aun así Dios no pudo haber salvado a su hija. Había terminado, al menos por ahora.

Culpa, eso era todo lo que Jamie podía sentir; arrepentimiento, dolor, pena, y sobre todo culpa. "¿Y si no me hubiese ido a estudiar a Nueva York? ¿Y si hubiese tomado un incompleto y no tomaba mis evaluaciones? ¿Y si me la hubiese llevado conmigo para Nueva York?" La lista era interminable. Todos se responsabilizaban por lo sucedido. El papá por irse a buscar agua, Evelyn por no haberla acompañado al baño, pero sobre todos, Jamie. Ella estaba convencida de que era su culpa, cuando todos sabemos quién realmente fue el culpable.

Jamie y Javi regresaron para comenzar un nuevo semestre de enero a mayo, pero al regresar no fue lo mismo. Jamie estaba rota. Se había apagado una luz en ella. Le habían arrancado un pedazo de su alma. Poco a poco la joven fue cayendo en una depresión. Comenzó a perder el enfoque y por ende a fallar en sus clases. Pero ella no estaba sola, Javi estaba con ella y no la iba a dejar caer.

Al no ser nacido y criado en el Evangelio, Javi tenía una ventaja sobre la familia. Había aprendido ver a Dios, en, a pesar de y sobre las situaciones. Él no perdió su fe a pesar de que todo parecía perdido. Sabía que a largo plazo Dios tenía un plan magnífico, al igual que la historia de José, al igual que la historia de Jesús. Así que Javi recurrió a su estrategia original, la que de cierta manera había iniciado todo entre ellos dos.

Un día mientras ella estaba sumergida en llanto, en su dolor, fue hasta donde su amada y con firmeza, pero amor le dijo:

- Jamie, mírame. Respira... adentro y hacia afuera... adentro y hacia afuera.

El esposo ayudó a incorporar a su esposa y le repetía la misma instrucción:

- Respira... adentro y hacia afuera... adentro y hacia afuera.

La joven se secó las lágrimas y comenzó a respirar tal como le instruía su marido.

- Y ahora canta – le ordenó.

Javi comenzó a vocalizar con tanto ímpetu que parecía como si le hubiese dado un electroshock a su mujer. Entonces Jamie comenzó a vocalizar y a cantar con una fuerza, con un coraje que parecía que los cimientos de la cárcel de Pablo y Silas se estremecían una vez más. Según ella continuaba cantando las puertas se fueron abriendo, y las cadenas se fueron soltando. Y ella, que era la única presa, fue libre. El rencor, el dolor, la culpa ya no tenían control sobre ella. El Espíritu Santo la abrazó y por primera vez desde aquél fatídico día, tuvo paz.

Regresaron nuevamente a su ciudad ese verano. Y una vez más la unión de ambos sirvió de bendición para la familia. Fue una de esas ocasiones en las cuales el discípulo superó a su maestro. Jamie tuvo una conversación de corazón a corazón con su padre. Al final de esta, aunque él no estaba listo para regresar al ministerio, sí había podido hacer las paces con el Señor. El dolor, la culpa y todos los sentimientos que traía el luto iban a convivir de ahora en adelante con ellos. Lo importante era que esos sentimientos no estuvieran en control de ellos, que pudieran redirigirlos hacia el Señor. Él sí sabía qué hacer con ellos.

Las cosas fueron mejorando poco a poco. El abogado de la defensa del acosador tuvo remordimiento por lo sucedido y se fue en alzada en contra de su excliente. Aunque no podía utilizar el caso de Alice, por privilegios de abogado - cliente, la pesquisa reveló que Alice no había sido la única fémina menor de edad con la cual él había intimado y extorsionado. Además de los cargos de violación, el abogado logró que añadieran a la lista de cargos el de asesinato en tercer grado. La nueva defensa del joven rogó por un acuerdo, pero la fiscalía no lo concedió, quería que le cayera todo el peso de la ley. Así mismo fue, con el testimonio del propio abogado y el de las otras jóvenes, el jurado encontró culpable al joven de todos los cargos. Probablemente pasaría el resto de su miserable vida en la cárcel. Aunque no traería a Alice de vuelta, habría cierta justicia para ella, y la familia podía cerrar ese doloroso capítulo.

Años más tarde, Jamie y Javi terminaron finalmente sus estudios universitarios. Javi terminó con honores mientras que Jamie terminó con algo más tangible. Algo que sin duda iba a traer tensión en su matrimonio.

El día en que le dio la noticia a Javi lo invitó a cenar a uno de sus restaurantes favoritos. Estaba ubicado frente al lago en el *Central Park*. Javi trató de anticipar de qué sería la conversación, pero al verla tomar una copa de su vino favorito descartó que estuviera embarazada. Además de que ellos utilizaban protección. La joven quería esperar a decirle luego de la comida, pero como no podía aguantar más le dijo tan pronto ordenaron:

- Tengo una gran noticia. Van a hacer un musical nuevo en Broadway y me ofrecieron el papel protagónico.
- ¿Es un musical cristiano?
- No, y no importa realmente. Estás perdiendo el punto. No bien acabo de terminar y ya me ofrecieron un papel protagónico, ¡en Broadway! Sin audiciones ni nada. ¿Tú sabes lo difícil que es conseguir un papel en Broadway?
- Pero no vas a aceptarlo, ¿verdad?
- ¿Cómo que no voy a aceptarlo? Todo este tiempo me he estado preparando para llegar precisamente a este momento.
- ¿Para cantar en Broadway? Yo pensé que te estabas preparando para ministrarle al Señor.
- ¿Por qué estás reaccionando así? Pensé que ibas a estar feliz por mí.

- Simplemente no puedo creerlo, después de todo lo que hemos pasado, ¿y tú quieres cantar en Broadway?
- Esto es un gran logro, significa que realmente soy buena.
- ¿Buena? Yo siempre supe que eras la mejor. Que triste que tengas que cantarle al mundo, para sentir que eres buena utilizando un don que Dios te dio.
- Javi, voy a aceptar el papel. Todo lo que quiero es contar con tu apoyo.
- Esa es tu decisión, no puedo obligarte a rechazarlo, pero no me pidas que te apoye en algo que sé que no está correcto. En algo que no traerá bendición a nuestro hogar, a nuestro matrimonio. Simplemente no puedo.
- ¿Y dónde nos deja esto?
- No lo sé, pero no es como si te fuera a dejar. Yo te amo, eso no va a cambiar; pero en ese aspecto estás por tu cuenta.

Era la primera vez que tenían una discusión que no llegaba a una solución. De más está decir que permanecieron el resto de la noche sin hablarse el uno al otro. ¿Sería este el comienzo de una futura ruptura? Porque como dice la misma Palabra, ¿cómo andarán dos juntos si no se ponen de acuerdo?

A Jamie le dolió mucho no contar con el apoyo de su esposo. Ella quería consultarle arreglos de voces y melodías, como siempre hacían, pero él se rehusaba a participar de cualquier cosa relacionada al musical. Parecía algo trivial, pero para él era de vida o muerte. Sentía que faltaba a sus principios, que le fallaba al mismo Señor. Ella pensaba que se le iba a pasar, pero entendió que no iba a ser así cuando no lo vio llegar el día del estreno del musical. Sus padres y amistades estaban allí, ¿cómo ella explicaba la ausencia de su esposo? Javi no cayó en cuenta, pero ese fue el día en que comenzó a perderla.

Ella pudo haberse sentando hablar con él y explicarle cuánto él la estaba hiriendo, pero ninguno de los dos quería dar su brazo a torcer. Jamie optó por cerrarse y darle prioridad a su trabajo. Lamentablemente fue descuidando su relación espiritual y matrimonial. Apenas oraba, no sacaba un tiempo devocional. Faltaba con frecuencia a los servicios de la iglesia. Se pasaba de ensayo en ensayo. Y cuando no estaba ensayando, estaba en una capacitación o con sus compañeros de reparto. Si el matrimonio no compartía, no era por falta de disponibilidad de Javi. Él siempre estaba disponible. Se había convertido en amo de casa porque se le estaba haciendo difícil conseguir trabajo en lo que estudió. Él se sentía horrible, lo que él tanto detestaba era lo que estaba pagando las deudas. Él oraba arduamente por un trabajo y porque el corazón de su esposa cambiara, pero en adición a la oración debía tomar unos pasos adicionales si quería que las cosas verdaderamente cambiaran.

Jamie estaba lastimada. ¿Cómo Javi la podía dejar sola después de todo lo que habían pasado juntos? Pensaba ella. Al estar tan distante del Señor, ella no había internalizado que era ella quien lo estaba dejando solo, y peor aún, dentro de su corazón estaba dispuesta a hacerle daño con tal de que él viera lo mucho que la estaba lastimando. Estaba convencida que ya habían pasado el punto de mediar con palabras, que era un momento de tomar acción.

Increíblemente, optó por darle celos con su compañero de reparto. No se le hizo muy difícil porque, en primer lugar, ella era hermosa. ¿Qué hombre se le resistiría? Además, no era como si ella fuera a coquetearle a un hombre horrible. Su compañero de reparto era el sueño de toda mujer. Era alto, musculoso, de rasgos bien varoniles. Y una voz que al cantar hacía temblar a cualquiera.

La prensa comenzó a comentar sobre el romance entre los dos cantantes, pero Javi ni se dio por enterado porque él no consumía contenido secular. O sea, no veía televisión local, ni leía la prensa o tenía redes sociales. Él pasaba su tiempo buscando trabajo, leyendo libros, estudiando la Palabra y de vez en cuando veía una que otra serie de aventura o acción.

Ambos habían puesto una barrera entre los dos. Se habían convertido en compañeros de casa, como si fueran unos completos desconocidos. Javi se había convertido en un fariseo, miraba a su esposa como si él estuviera en un pedestal de moralidad superior, como si eso le sirviera de algo. Jamie en cambio estaba en un camino de autodestrucción. Estaba tan herida que comenzó a juntarse con malas amistades que la introdujeron al mundo del alcohol.

Fue en una de esas salidas donde tocó fondo. Estaba en una fiesta con sus compañeros de reparto. Había bebido tanto alcohol que había perdido control de sí misma. Entonces, hizo lo impensable, se acostó con Gustavo, su compañero de reparto. Se pudiera argumentar que esa primera ocasión fue un accidente, pues ella no estaba en su sano juicio. Por otro lado, ella fue la que se puso a sí misma en esa posición. Independientemente, el rumor de romance se había convertido en realidad porque a partir de esa ocasión continuaron intimando.

Jamie había encontrado en Gustavo aquello que había perdido en Javi. Ahora recibía consejos de canto de parte de él, y se sentía acompañada y atendida. No obstante, aun así, no se sentía bien, ella sabía que estaba mal. Por otro lado, no había cumplido su meta de hacer sentir mal a su esposo. Inevitablemente era tiempo de confesarse.

Una noche ella llegó con una maleta y comenzó a recoger sus cosas.

- ¿A dónde vas? – le preguntó intrigado Javi.
- Me voy, lo nuestro se acabó – sentenció.
- ¿Cómo se acabó? ¿Así que ya no me amas?
- ¿Me amas tú?
- Pues claro, Jamie, te amo – le dijo acercándose a su esposa.
- Pues no parece, ¿dónde has estado todo este tiempo?
- Aquí Jamie, aquí. Tú vienes y vas, y haces lo tuyo, y no te he detenido. Yo siempre he estado aquí – dijo recriminándole.
- Pues ya no tienes que quedarte esperándome. Me voy con alguien que sí quiere apoyarme en lo que hago.
- ¿Así que hay alguien más? – dijo mientras el aire se le escapaba. Fue como si le hubiesen dado un puño al estómago.
- Sí, si hubieses estado más pendiente de mí te hubieses dado cuenta.
- Lo siento, tienes razón, te he descuidado. ¿Por favor podemos hablarlo?
- Lo siento, ya el tiempo para hablar se acabó. Lo nuestro terminó.
- Jamie, por favor, yo te amo. No quiero vivir mi vida sin ti – le rogó su esposo con la voz cortada mientras ella se marchaba.

La joven quería llorar también, pero aguantó las ganas, sentía que tenía que ser fuerte. Entonces cuando estuvo lejos de él, botó el golpe y lloró. Se supone que ahora se sintiera mejor al haber dejado a su esposo destruido, llorando. Pero no fue así, se sentía aún peor, sentía que había arruinado las cosas.

Javi no iba a rendirse sin una pelea. Así que intentó ganársela de vuelta. Allí estuvo, en primera fila, durante su próxima función. Una parte de Jamie se emocionó al ver a su esposo en el espectáculo, la otra sentía coraje que ella hubiese tenido que ir hasta los límites que llegó para hacerlo caer en razón. Independientemente de cómo se sentía, su plan había funcionado. Javi se quedó hasta el final y esperó a que ella saliera. Era la única forma de poder hablar con ella ya que Jamie no le contestaba sus llamadas. Su esposa se sorprendió al verlo afuera del camerino. Estaba esperándola con un ramo de flores.

- Estuviste fenomenal – le dijo al verla.
- Gracias – respondió tomando el ramo de flores.
- Escucha, quería pedirte perdón. Estuve teniendo un tiempo de reflexión y llegué a la conclusión de que estaba mal. Debí haberte apoyado, debí haberte estado allí para ti desde el primer día. Quizás Dios tenga un propósito con todo esto. Quizás esta es la forma en que te das a conocer y así inicias tu ministerio. Perdóname por haber sido tan cerrado y no haberlo visto antes. Sé que me tardé y lo siento, pero estoy aquí listo para apoyarte.

¡Cuánto ella deseaba escuchar esas palabras! Una parte de ella se conmovía por la sinceridad del varón. Otra enfurecía por haberse tardado tanto. Y justo cuando su corazón se estaba ablandando, Gustavo salió del camerino.

- Gracias por tus palabras, significan mucho.
- ¿Por favor podemos hablar?
- Jamie, ¡vamos! – le dijo Gustavo mientras se marchaba. Él pensaba que ella estaba hablando con un fan.
- No hay nada que hablar, como te dije antes, ya es muy tarde.
- ¿Qué fue eso? ¿Un fan obsesionado? – preguntó Gustavo ajeno a todo.
- Algo así – se limitó ella decir.

Javi continuó asistiendo a los musicales. Día tras día, vez tras vez.

Él la esperaba afuera de los camerinos para hablar, pero ella lo evadía. Entonces un día se enojó y le dijo:

- ¿Ahora vas a venir a todas las funciones?
- Es la única forma de verte. No me quiero rendir, quiero luchar por nosotros.

Ella no supo qué decirle. A pesar de que Gustavo era un lindín[7], ella no lo amaba. Dentro de sí, seguía amando a su esposo, y se odiaba a sí misma por todo el daño que le seguía haciendo. Javi estaba finalmente calando su corazón. Sin embargo, cuando ella estaba lista para darle una oportunidad, una compañera de reparto de Jamie, Deborah, que era toda una víbora, la hizo cambiar de parecer, al sembrar cizañas en el corazón de ella.

- Ahora viene con el rabo entre las patas – le decía al referirse a Javi – Tienes que hacerle entender que se le hizo tarde. Tienes que demostrarle quién es la que manda.

La gota que colmó la copa[8] cayó durante esa próxima función. Al final de una de las canciones más románticas del musical, Jamie besó apasionadamente a Gustavo, algo que no estaba en el libreto. El público se puso de pie encantado por el espectáculo, y Javi sabiendo que ella había besado adrede al actor, se levantó y se fue. Jamie se sintió empoderada por el momento. El público aplaudiendo, venerándola, pero dentro de sí también le dolía al ver a su esposo marcharse.

A Javi sólo le quedaba una cosa más por hacer: hablar con su suegro. El joven compró un pasaje y visitó a su viejo mentor. Aunque Roberto nunca regresó a pastorear se volvió a involucrar en el ministerio de otras formas, relacionadas a la enseñanza y otras más administrativas. El yerno le contó todo lo que había sucedido, cómo él había fallado y los esfuerzos que había hecho para enmendar la situación.

---

[7] Adjetivo despectivo para referirse a un hombre guapo.
[8] Dicho coloquial para describir que se sobrepasó el límite máximo hasta el que se puede alargar una situación.

- Realmente no sé qué más hacer. Hay un dicho de campo bien pintoresco que dice que el que se dobla mucho se le ve la raja del (censurado). Y yo no quiero que ese sea mi caso.
- Mijo[9], lamento mucho lo que estás atravesando con mi hija, pero ya a estas alturas lo que te queda es darle su espacio. Sigue orando y espera. Ya tú te acercaste e hiciste lo que tenías que hacer, ahora le toca a ella hacer su parte. Si no reacciona, si no regresa, no solamente te está dando la espalda ti sino a Dios, porque ella hizo un pacto contigo y con Él. Y mijo, como dice la Palabra, "dura cosa es dar de coces contra el aguijón".
- Entiendo, es hora de pasar la página. Simplemente no puedo sacudir este sentimiento de derrota.
- ¿Derrota? Yo si te puedo hablar de derrota. Yo siento que le he fallado a mis dos hijas. Con Alice, bueno, tu viviste con nosotros lo que pasó con Alice, y con Jamie, tengo que admitir que me equivoqué nuevamente. Nunca debieron haberse casado tan jóvenes.

Ahora que estaba separado, Javi se dedicó de lleno a su ministerio. Se mudó a Texas al conseguir una oportunidad de empleo en el Seminario Teológico de Dallas, uno de los seminarios más prestigiosos de la nación. Allí obtuvo las herramientas necesarias para levantar su ministerio evangelístico.

Años más tarde, la carrera musical de Jamie estaba en todo su apogeo. La cantante había hasta ganado un premio Tony por su papel protagónico en su primer musical. Era hora de lanzar su carrera como solista. Gustavo la puso en contacto con su agente quién podía ayudarla a formalizar su carrera artística con todo lo que eso conllevaba; que si grabación en estudio, ingeniero de sonido, la mezcla, contrato con disquera, campaña publicitaria, entre muchos otros.

Sin embargo, una vez más su vida tomó un giro inesperado. Justo cuando se suponía que comenzara a grabar su primer sencillo no podía cantar, apenas podía hablar. Todo empezó con un dolor en la garganta. Ella pensaba que eran síntomas de una gripe. Comenzó a consumir pastillas mentoladas para aliviar la molestia, pero la molestia persistió y llegó el momento en que las pastillas no le causaban alivio. Jamie no

---

[9] Contracción de mi hijo.

quería posponer la grabación, estaba ansiosa por dar ese primer paso, de poner un pie en el estudio. Pensaba ir al médico al terminar la sesión, pero nunca llegó, esa mañana se dio cuenta que apenas tenía voz, mucho menos podría cantar. Le texteó a su agente acerca de su impertinente situación.

- Tranquila – le respondió devuelta en un mensaje de voz – Llevas desde que saliste de la universidad cantando. Tu cuerpo te está pidiendo un descanso. ¡Hasta Adele tiene que tomárselos! Toma el tiempo que necesites y retomamos cuando regreses.

No obstante, parecía que no iba a regresar. Al ir al médico descubrieron que por haber estado cantando tanto tiempo y no haber cuidado su voz, había desarrollado un pólipo en sus cuerdas vocales. Por ahora tenía prohibido utilizar su voz. Los doctores le mandaron hacer una biopsia para descartar que el pólipo fuera canceroso. Todo va a salir bien – pensaba Jamie – soy muy joven como para tener cáncer.

Para su desgracia, el tumor era en efecto canceroso y bastante agresivo. Tenía que comenzar a tratarse inmediatamente. Los médicos le recomendaron operarse, pero no era una opción para ella, quería tener una posibilidad de volver a cantar. La joven estaba condenada. Había perdido a su hermana, a su esposo y ahora su voz. ¿Acaso pudiera ser peor?

Parecía que la vida no había acabado de probarla. Su vida comenzó a desmoronarse una vez ella dio a conocer su diagnóstico. Automáticamente perdió su papel en Broadway al no poder cantar y junto con su rol se fue Gustavo.

- Lo siento por ti Jamie, de verdad. Pero ahora contigo fuera yo soy la cara de la franquicia. Es mi momento de finalmente brillar. Ahora mi carrera irá en ascenso, no lo tomes personal, pero no podré lidiar con tu drama.
- ¿Te estás escuchando? ¿Estás hablando en serio?
- ¿Pero qué esperabas? ¿Qué lo dejara todo y me casara contigo? Oh espera, ya estás casada, y eso tampoco funcionó.
- Infeliz – lo insultó furiosa.
- Es hora de seguir adelante, el viaje fue divertido mientras duró, pero nuevamente, te deseo lo mejor, sin mí.

Jamie debió haber sabido que hombres como Gustavo estaban *llenos de mierda*[10], pero igual, no estaba en su mejor momento cuando se juntó con él. Gustavo no fue el único en cortar lazos con ella. Otro que terminó con ella fue su agente. Cuando se enteró de su diagnóstico, canceló el contrato por falta de cumplimiento. Él no tuvo reparo en emplazarla aun sabiendo su condición. La amenazó con demandarla si ella no le pagaba todo lo que le debía. Había una cláusula en el contrato de Jamie que estipulaba que, en el caso de incumplimiento o pérdidas, ella era la que se debía hacerse cargo de todos los gastos incurridos. Jamie cometió el error de principiante de confiar ciegamente en Gustavo al no leer las letras pequeñas de su contrato. Para poder cumplir con el agente, Jamie gastó todos sus ahorros, y vendió casi todo lo que tenía incluyendo su apartamento en Nueva York. Lo único que le quedó que tenía valor era su premio Tony. La joven terminó quebrada, y aún no le había llegado la factura de los gastos de su tratamiento médico. Jamie no tuvo otra opción que regresar a la casa de sus padres y recibir su tratamiento por allá. Al menos no estaría sola durante ese difícil proceso.

Un día mientras Javi caminaba por el pueblo de Dallas vio en un tabloide una noticia que le llamó la atención. El titular leía: "Jamie Lee está acabada. Tiene cáncer en la garganta." Inmediatamente el joven llamó a su esposa, y al igual que todas las veces que había intentado llamarla su llamada fue directo al buzón de voz. Todavía tiene mi número bloqueado – pensó para sí mismo. Entonces no tuvo otra opción que llamar a los padres de ella. Durante la llamada confirmó que lamentablemente la información del medio de dudosa reputación en efecto era cierta.

- ¿Hace cuánto tiempo le dieron ese diagnóstico? – preguntó Javi.
- Ya hace varias semanas – respondió Roberto.
- ¿Y por qué nadie me llamó para dejarme saber? ¡Todavía soy su esposo, por Dios! – exclamó palpablemente molesto.

Roberto permaneció en silencio, dándole un espacio al joven, quien retomando la compostura continúo:

---

[10] Traducción de adjetivo anglosajón *full of shit*. Ser falso, no confiable, y mentiroso.

- Lo siento Roberto, no debí gritarte. Estoy sintiendo un mar de emociones que no sé procesar… ¡Estoy en shock!
- Lo siento Javi. Debimos haberte dicho tan pronto nos enteramos… Es que ustedes están separados, y no supimos cómo manejar la situación.
- ¿Puedo saber en cuál hospital está?
- Sí, está en la Clínica Mayo. Te comparto en breve todos los detalles.
- Gracias Roberto, y lo siento otra vez, no debí haberte tratado así.
- Tranquilo mijo, ¡seguimos siendo familia!

Como el cáncer de Jamie era agresivo la tenían internada preventivamente. Javi llegó hasta el piso donde la tenían hospitalizada y lo dejaron pasar al identificarse como su esposo. La cara de la joven se llenó de asombro al verlo, ella no esperaba volver a verlo luego de su ruptura. Jamie lo encontró distinto, obviamente había envejecido un poco, pero los años lo hicieron verse más varonil, sin duda lo encontró atractivo. Por su parte, Javi aún la encontraba hermosa. Aun cuando estaba pálida y su rostro lucía ojeras. Ella no lo sabía, pero, él nunca dejó de amarla.

- Llegué tan pronto me enteré. Estaré aquí para lo que necesites. No me iré a ninguna parte.
- Gracias – le dijo en lenguaje de señas. Habían tomado clases cuando estudiaban en la misma universidad.
- Por nada – le respondió en señas.

Javi se hizo cargo del cuidado médico de su esposa. Hablaba con los doctores, se encargaba que le hicieran los análisis correspondientes, que si análisis de sangre, que si las tomografías. Él se encargaba de comunicarle a ella cómo progresaba su condición. Hasta el momento se comunicaban civilmente como sin ningún conflicto hubiese pasado entre los dos. Cada semana tenía sus características, pero por lo general, el esposo tenía ya una rutina establecida. Los domingos le llevaba flores frescas y se las ponía en un jarrón junto a su mesa de noche. Por la mañana iba a visitarla, oraba y leía alguna reflexión para ella. Se quedaba si le iban a realizar algún análisis de lo contrario regresaba en la tarde luego de trabajar, y se quedaba hasta que ella estuviera lista para irse a dormir. Él no estaba interactuando con ella todo ese tiempo, sabía darle su espacio. Sólo se hacía disponible en caso de que ella necesitase algo. Con frecuencia la visitaban sus padres, y Javi aprovechaba cuando ellos venían para descansar.

Los días de quimioterapia era los más difíciles. Javi estaba con ella durante todo el proceso. En ocasiones él le leía, en otras permanecían en silencio mientras ella se entretenía de alguna otra forma. Para Jamie era doblemente doloroso el proceso. Físicamente sentía como su cuerpo ardía, en particular su rostro y el área del catéter. Emocionalmente se sentía horrible, no se explicaba cómo Javi podía estar allí para ella luego de todo lo que ella le había hecho. Él hasta aún llevaba puesto su anillo de casado. Todo lo que ella podía hacer era especular porque no tenía el coraje de tener esa conversación.

Las semanas fueron pasando y el diagnóstico de Jamie iba de mal en peor. Las quimioterapias parecían que no estaban funcionando, el tumor se había regado a otros nódulos aledaños. De operarse abría que extirparlo todo, no podría volver a hablar. Una noche la joven no pudo aguantar más y ventiló con su esposo.

- Yo sé que me alejé del Señor, pero ¿por qué me está pasando esto a mí? – le dijo en señas mientras lloraba – ¿No he pasado ya suficiente?

Javi permaneció en silencio atento a lo que le comunicaba su esposa.

- Estamos orando, ¿por qué no me sana? ¿Acaso Dios quiere dejar a mis padres sin hijas? De seguro yo me merezco esto por todo lo que he hecho, pero ¿mami y papi? Ellos no han hecho nada malo...
- Estoy orando, estoy tratando de poner mi vida en orden, no sé qué más hacer... – le comunicó entre sollozos.

La paciente continuó llorando y ambos permanecieron callados por varios minutos hasta que Javi finalmente irrumpió el silencio al decirle audiblemente:

- Canta… Sólo canta. Cuando decidas de verdad en tu corazón cantarle al Señor solamente, entonces serás sanada.

La fémina no tomó para nada bien las palabras del joven. Le recordó a la versión de su esposo que había dejado en Nueva York. Al joven de mente cerrada, que se creía moralmente superior a ella. En el fondo ella sabía que él tenía razón, pero no estaba lista para admitirlo. Una vez más lo trató *con la punta del pie*[11].

- Pensé que habías cambiado, pero sigues siendo el mismo patán. Así que vete y por favor no vuelvas.
- Jamie por favor, no fue mi intensión insultarte. Solo quiero ayudar.
- ¡Vete por favor!
- OK, me voy, me voy – le dijo mientras se marchaba.

Esta vez Javi no se rendiría con relación a su esposa. El joven se quedó a cargo de los cuidados médicos de ella, e involucró a sus padres para que le comunicaran las actualizaciones de su cuadro médico. Pasare lo que pasare no se iba a regresar a Dallas, él quería estar presente cualquiera que fuera el desenlace, hasta el último momento.

En la mente de Jamie, Javi se había marchado. Él les había pedido a Roberto y a Evelyn que no le dijeran a Jamie nada sobre él. Javi no quería que Jamie lo tratara como un amuleto de salud. De Dios hacer el milagro tenía que ser por un cambio genuino en ella. Era una batalla que tenía que enfrentar por ella misma.

El tiempo fue pasando y Jamie iba empeorando. Había perdido el apetito, el gusto y su cabello se fue cayendo. Cuando finalmente tocó fondo, se arrepintió desde lo más profundo de su corazón. Ella hubiese

---

[11] Dicho coloquial para describir que se está tratando a alguien con desprecio, sin darle las atenciones que merece.

hasta restrallado[12] su Tony si lo hubiese tenido con ella, pero por fortuna estaba seguro en la casa de sus padres. Estaba lista para dedicarle su talento, su vida y todo su ser al Señor. Entonces recordó las palabras de su esposo, era como si él hubiese estado allí con ella.

- Jamie escúchame. Respira... adentro y hacia afuera – recordó a él decirle.
- Cuando te decidas a cantarle al Señor solamente, entonces serás sanada – volvió a recordar.
- Sólo canta... – recordó una vez más.

La joven fue hasta el baño y se sostuvo del lavamanos. Entonces con todas sus fuerzas comenzó a vocalizar. Estaba rígida, y le dolió como nada antes en su vida. Por primera vez en mucho tiempo se escuchó su voz. En un principio ronca, cruda, pero aun así comenzó a cantar. Según fue cantando iba votando buches de sangre, como si estuviese teniendo una hemorragia. Comenzó a toser y a votar sangre y tejidos, y no podía detenerse, parecía como si estuviese vomitando. Sentía un calentón en su garganta. El lavamanos y ella estaban llenos de sangre. Las enfermeras llegaron al escuchar la conmoción, y se alarmaron a ver tanta sangre.

- Quiero una tomografía – se le escuchó decir con su voz clarita.

Jamie se desmayó al haber perdido tanta sangre y las enfermeras se la llevaron para hacerle diferentes análisis, incluyendo la tomografía que había solicitado. Para sorpresa de todo el personal médico, la tomografía había revelado que estaba libre de cáncer. Dios le había removido todo el tejido canceroso mientras ella le cantaba, tal como Javi le había indicado.

Javi se regresó a Dallas al saber que ya Jamie estaba mejor. Anhelaba tener la conversación que tenían pendiente, pero prefirió darle tiempo y espacio. Sabía que ser sanada de cáncer era el primer paso que ella tenía que dar para ser completamente sanada y transformada por Dios.

El día que llegó la factura de los gastos médicos, Jamie estaba ansiosa. No quería abrir la carta, sabía que iba a estar el resto de su vida pagando esa deuda. Finalmente, al abrirla confirmó que en efecto el total

---

[12] Dicho de Puerto Rico. Arrojar algo violentamente.

era altísimo, rondaba en los miles de dólares. Sin embargo, no debía nada. Todo había sido pago por una donación de parte del Ministerio Javi Jeremiah. Las lágrimas se le salieron a la joven. Sentía gratitud, pero también remordimiento. Javi había cumplido sus votos, estuvo con ella en salud y en enfermedad. Nunca la había dejado aun cuando ella lo había abandonado a él.

Era un nuevo comienzo para Jamie. No tenía cáncer, pero no tenía nada. No tenía casa, ni dinero, ni empleo, ni una relación con su esposo. En lo que Dios le indicaba cuál iba a ser su próximo paso decidió ir de lugar en lugar y simplemente contar su testimonio.

El tiempo pasó y un día en una campaña evangelística, la invitaron para que diera su testimonio. Para su sorpresa, Javi iba a tener el mensaje esa noche. Sin embargo, esa noche él no predicó, se limitó a hacer un llamado en respuesta al impactante testimonio de la joven.

Finalizado el evento se reencontraron. Aunque los años habían pasado, él seguía enamorado de ella, nunca dejó de orar por ella. Estaba sorprendido al recordar lo hermosa que era. Ella estaba abochornada. No sabía qué decirle. Le había hecho tanto daño que parecía irremediable.

- Javi, lo siento tanto. Si pudiera darle para atrás al tiempo lo haría. Éramos tan jóvenes. Tan inmaduros. Yo quería lastimarte porque me estabas lastimando al no apoyarme. Y cuando intentaste enmendar las cosas, estaba tan amargada, y fui egoísta. Lo que hice estuvo mal. Y todo lo que tú querías era lo mejor para mí. Siempre lo quisiste. No me estoy justificando, simplemente quería explicarte lo que había en mi mente.
- Quizás no le podemos dar al tiempo para atrás, pero podemos decidir sobre lo que está adelante. Jamie, yo nunca he dejado de amarte y quizás pudiéramos intentarlo otra vez.
- ¿Me estás preguntando? – le dijo con voz coqueta.
- Sí, Jamie, ¿podemos volver a intentarlo otra vez? Estoy seguro de que Dios hará grandes cosas con nosotros.
- Me encantaría.

Los jóvenes adultos se besaron y mientras se abrazaban sentían el olor el uno del otro y eran inundados de nostalgia, del que tal si. Ninguno de los dos quería soltarse, se extrañaban demasiado, se anhelaban el uno al otro. Se sintieron revitalizados al finalmente soltarse, como si se hubiesen recargado de alegría, y optimismo. Estaban convencidos que esta vez ni sus carreras, ni el cáncer, nada podría separarlos de su amor.

FIN

Sólo escucha

1

Reinicio

Desde los enormes vitrales se podía ver toda la ciudad. Los enormes rascacielos parecían que se hacían competencia los unos con los otros para ver cuál de todos era el más grande. La competencia de colosos era supervisada por el gran astro que los juzgaba desde lo alto en el cielo. Abajo se podía ver la interminable fila de vehículos. Autobuses, taxis, se detenían y seguían. Se detenían y seguían. De lejos parecía un baile que no tenía fin.

Jamie observaba esta hermosa vista desde la ventana de un estudio de grabación, que tenía un enorme vitral de pared a pared, revelando desde el cielo el corazón de la ciudad. Estaba tan emocionada, finalmente había podido entrar a un estudio profesional. Años atrás había intentado grabar un sencillo cuando iba a lanzar su carrera como solista, pero digamos que no funcionó. Esta vez era diferente, tenía a Javi de su lado apoyándola. Estaban seguros de que esta vez lo lograría, porque la realidad era que Jamie estaba destinada a ser una cantante.

Tenían un amigo productor que tenía un estudio de música en el corazón de Nueva York. Sí, donde todo comenzó. Lo malo y lo bueno. Después de todo lo que pasaron, no era descabellado pensar que no querían volver a esa ciudad, pero ellos le tenían un cariño especial, fue donde floreció su matrimonio. Máster quería explorar algunas ideas con Jamie, y evaluar dónde se encontraba ella musicalmente. Había pasado mucho tiempo desde la última vez que ella se dedicó a cantar profesionalmente.

Los nervios de la joven se apoderaron de ella cuando entró a la cabina de grabación. No se había puesto así de nerviosa ni cuando se había casado, ni cuando hizo su audición para entrar a Juilliard, ni cuando abrió el telón esa primera noche en su musical de Broadway. Estaba petrificada. Se sentía como si tuviera que probarle a Máster, a su esposo o a ella misma que todavía podía cantar. Después de tanto tiempo fuera, ¿le quedaba aún algo? Ella sabía que podía cantar, pero ¿podía aún cantar de verdad? ¿Cantar con la técnica y el registro que la caracterizaban? Y si no, ¿cómo podía ella regresar a ese estado? ¿Era posible? Ella estaba realmente deseosa de que una vez comenzara la música todo regresara a ella como un reflejo. Que no se le hubiese olvidado, que fuera como correr bicicleta. Ella realmente quería que todavía le quedara algo.

Javi sabía que Jamie estaba nerviosa. Lo veía dibujado en su rostro, en sus gestos. En su frente arrugada. Él estaba seguro de que todo saldría bien, pero aun así se imaginaba cómo se podía sentir su esposa. Le recordó a aquella vez en que por causa de ella misma se vio obligado a reiniciar, a comenzar de nuevo. La verdad es que de cierta manera ahora que retomaron su matrimonio están volviendo a empezar, pero ¿cuán difícil es empezar de cero? Empezar de la nada. Cuando todo está destruido, cuando estás hecho pedazos. Así fue como Javi llegó cuando se mudó a Dallas para trabajar en el seminario luego de la separación de ellos. Destruido, sin nada, con su confianza en el suelo. ¿Cómo se suponía que iba a dar lo mejor de sí en este nuevo empleo cuando parecía que no quedaba nada en él?

El campus del Seminario de Dallas era pequeño comparado a otras universidades que parecen ciudades. Las instalaciones del recinto contaban con alrededor de una decena de edificios. Sin embargo, el campus se sentía acogedor. Al entrar al recinto por primera vez, Javi se sintió bienvenido. Había una calidez, un ambiente en las personas y en la cultura que lo hacía sentir cómodo. Y las facilidades como tal lograban alcanzar un excelente balance entre lo histórico y lo moderno. Había lugares de la institución que aún conservaban arquitectura antigua mientras que otros lucían una fachada actualizada. Sin embargo, todas las facilidades contaban con equipo de vanguardia.

Javi pudo haber alquilado un apartamento en el mismo corazón del pueblo o cualquier lugar de Dallas. Sin embargo, optó por quedarse en unos apartamentos que estaban justo detrás del recinto. Le recordaba mucho a su apartamento en Nueva York. Ambos eran tipo estudio, con un área compartida y cuarto. Donde quiera que fuera en Dallas iba a ser lo mismo, porque un apartamento tipo estudio era lo que podía pagar. Así que cuando estaba en su apartamento tenía que hacer un esfuerzo adicional por superar esos recuerdos y tratar de continuar hacia adelante.

Los pensamientos del hombre fueron interrumpidos al escuchar a su esposa cantar. La sesión había comenzado. Durante el tiempo juntos hicieron varias cosas. Probaron varias canciones, varios estilos, el productor quería ver cuáles eran los límites de la joven. No obstante, en ocasiones tuvo que dejar de tocar el piano. Hubo instancias donde a Jamie se le había olvidado la letra, en otras se había ido a otro tono o había desafinado en las partes altas. La realidad era que estaba fuera de práctica. Sin embargo, no todo le fue mal, hubo momentos lucidos, donde mostró destellos de la cantante que llegó a ser. Así que no todo estaba perdido.

- Estuvo bueno, estuvo bueno – dijo el productor afroamericano – Tenemos algo con qué trabajar.
- ¿De veras? – preguntó Jamie emocionada.
- De verdad – contestó – Pero tienes unas áreas que trabajar. Tienes que traer tu mejor juego si vas a grabar a conmigo.

La joven aplaudió emocionada, y abrazó al productor.

- ¡Gracias Máster!
- ¡Por nada! Por favor, regresa cuando estés lista. Te veo en la próxima Jamie Lee.

- ¿Cómo te sientes? – le preguntó Javi mientras bajaban por el ascensor.
- Estoy bien – respondió mientras evaluaba cómo se sentía – Estoy emocionada, pero decepcionada, pero también aliviada.
- ¿Cómo así?
- Me siento aliviada de que ya todo pasó, y ya sé dónde estoy. Estoy un poco decepcionada por lo errores que cometí y porque

tengo áreas que pulir, pero en general estoy emocionada porque
¡tengo una oportunidad!

- Qué bueno amor – respondió Javi mientras se abrazaban.
- ¿Sabes qué significa esto, no? – le preguntó Javi.
- No, ¿qué?
- Tenemos que conseguirte un mentor, alguien que te ayude a regresar al nivel donde estabas.

2

El mentor

JAVI RECONOCIÓ TEMPRANO EN SU VIDA ESPIRITUAL QUE NO ERA CAPAZ de entender todo lo que estudiaba en la Biblia por cuenta propia. Los mandamientos judíos del pentateuco o el libro de Apocalipsis en sí mismo fueron un reto para él cuando era recién convertido. Aun cuando amaba a Dios y sentía al Espíritu Santo en medio de él, no estaba de acuerdo con decisiones que Dios tomó o cómo se desarrollaron algunos eventos en la Biblia. Así que fue proactivo y le pidió al pastor Roberto reunirse con él cada dos semanas.

¿Por qué bisemanalmente? Parecía una frecuencia extraña, pero era en efecto el tiempo perfecto. Reunirse todas las semanas era muy oneroso en adición de que pudiera haber semanas que no tenían nada que discutir. Una vez al mes era demasiado tiempo transcurrido para él. No podía guardarse todas sus dudas e inquietudes por todo un mes. Hubiese explotado si ese hubiese sido el caso.

Sus reuniones de discipulado fueron cambiando con el transcurso del tiempo. Al principio eran discusiones intensas, como si estuvieran en la corte en un interrogatorio de un caso legal. Luego pasaron a ser conversaciones, un intercambio de ideas, hasta que llegó el punto en que utilizaban ese tiempo para simplemente intercambiar peticiones y orar.

Ese tiempo de discipulado terminó una vez Javi se fue para Nueva Jersey. Parecía ya no necesitarlos, pero luego de la muerte de Alice, no los iba a poder tener aún si los necesitaba, el pastor Roberto no estaba en su mejor estado, si no fuera por la misericordia del Señor el pastor hubiese renegado de su fe.

No obstante, Javi no se quedó desprovisto, aun con pastor Roberto indispuesto, el Señor siempre le suplió un guía. A oídos de la decana de asuntos estudiantiles llegó el rumor de que Javi iba todos los días en tren, ida y vuelta desde Nueva York. La educadora quiso conocer a ese estudiante para conocer su historia y auscultar qué alternativas podía ofrecerle para cambiar su situación.

La decana Jean Santos se reunía con Javi al menos una vez al mes para darle seguimiento. En un inicio su interés fue meramente académico, pero con el pasar del tiempo y conocer al joven su cuidado pasó a ser uno más completo, profesional, personal y hasta espiritual. Javi solía ir donde la decana Jean cuando esta tenía tiempo para discutir con ella diferentes temas. Le podía pedir su opinión sobre su postura con respecto a alguna tarea o igual podía compartirle su impresión sobre alguna lectura que el joven había hecho durante su tiempo devocional.

Cuando Javi llegó a Dallas deseaba recrear ese tipo de relación que tenía con la decana, pero sobre todo deseaba que surgiera orgánicamente. Él no quería contratar a nadie o pedirle a alguien que fuera su mentor. Él deseaba que esa conexión fuera genuina, pero eso requería tiempo, y él estaba roto y herido. Necesitaba mentoría inmediatamente. Él podía continuar en contacto con la decana Jean o con su pastor de Nueva York, pero ansiaba tener a alguien con quien se pudiera tomar un café o llorar desconsoladamente en su hombro de ser necesario.

Como parte del nuevo rol de Javi en el seminario, estaba en constante contacto con la facultad de la institución. Parte de sus funciones era preparar reuniones generales con todos los profesores y el personal. En ocasiones como parte de la reunión se incluía alimentos, y se prestaba para tener espacios de diálogo y fraternidad. Con el paso del tiempo Javi fue conociendo a cada uno de los catedráticos; a unos más que a otros. De todos logró formar una amistad especial con un profesor llamado Michael John Simpson.

Con su gran carisma y sentido del humor, este profesor lograba ganarse el cariño de todos. El hombre era un afroamericano canoso, de cuerpo grueso y voz profunda, pero con una risa que contagiaba a todos. Aún en los peores momentos él era capaz de soltar algún chiste. ¡Se la pasaba riendo! Javi había podido conocerlo en todas sus facetas. Cuando estaba hablando algo en serio, o estaba de mal humor, – algo que era rarísimo – o si estaba entre desconocidos, o exponiendo en alguna conferencia, le gustaba que lo llamaran Dr. Simpson. Cuando estaba con sus colegas o su círculo de confianza lo llamaban MJ Simpson. Era una mezcla entre Michael Jordan y OJ Simpson. Y cuando estaba de buen humor, permitía que Javi lo llamara Johnny. "¡Oye Johnny!" – solía Javi decirle al llamar su atención. Esa dinámica y química entre ambos permitió que fuera para Javi no sólo un gran mentor, sino el mejor.

Javi deseaba lo mismo que él había experimentado para su esposa. Sabía que las mejores conexiones eran las que eran genuinas, las que surgían del corazón. Así que le sugirió a Jamie que no se fuera con el primer instructor que encontrara, sino que fuera probando hasta que encontrara uno que se sintiera a gusto, alguien a quien ella pudiera confiarle su carrera y vocación.

Por las próximas semanas Jamie estuvo reuniéndose con diferentes entrenadores vocales. Vinieron a verla y ella viajó también, desde y hacia a todas partes. Se reunió con entrenadores famosos, con otros que le recomendaron, incluso con los que salían en las redes sociales como TikTok. Sin embargo, ninguno le convencía. Al exponerse a ellos ninguno causaba en ella ese sentimiento de respeto. Esa sensación de aquí hay alguien que sabe más que yo, alguien de quien puedo aprender. Era de entenderse, el resume de Jamie era impresionante. Graduada de Juilliard, actriz principal en Broadway, ganadora de premio Tony, y un registro de voz impresionante como el de muy pocos.

Fue entonces cuando se le ocurrió la idea de no buscar a un entrenador vocal sino a alguien que tuviera una carrera como la ella. Alguien que entendiera de dónde ella venía y hacia dónde quería dirigirse. Alguien que estuviera dispuesto a compartir las lecciones y aprendizaje que lo llevaron al éxito. A su mente vino el nombre de Angela Mayors. Ella era la voz de una generación. Catalogada por muchos críticos y por el público general como la mejor soprano de todos los tiempos. Angela hacía una que otra aparición entre los medios, pero en términos artísticos ya estaba retirada. Parecía justo lo que Jamie necesitaba, ¿pero estaría Angela dispuesta a entrenarla?

Para sorpresa de Jamie, logró que Angela la llamara de vuelta, y pudo hablar con la artista por teléfono sin intermediaros. Durante la conversación Jamie le contó su testimonio y su deseo de regresar al mundo artístico.

- ¿Y estás segura de que quieres regresar? Va a ser muy difícil. ¿Realmente crees que vale la pena? Puedes dejarlo donde llegaste y como quiera sentirte que tuviste una buena carrera – le cuestionó Angela luego de escuchar el relato de Jamie. Ya con ese cuestionamiento parecía que estaba siendo su mentora.
- Yo sé que va a ser difícil, y que la carrera artística que llevé hasta ese momento fue buena, – comenzó a contestarle – pero me debo a mí misma el descubrir si realmente puedo volver a cantar como lo hacía antes. Si puedo volver a ser como o mejor de lo que antes fui. No estaría en paz conmigo misma si no lo intento.

La cantante reflexionó en las palabras de la joven por unos segundos antes de contestarle.

- Pues si ese es el caso me gustaría ayudarte. Tenía que asegurarme que tuvieras las razones correctas. Permíteme organizarme y te estaré contactando próximamente. Nos veremos pronto.

Jamie estaba emocionada por la respuesta afirmativa de la cantante. Tener a Angela Mayors en su esquina era gigante. No bien había terminado esa línea de pensamiento cuando su teléfono volvió a sonar. Era nada más y nada menos que Andrew Grant, catalogado por muchos como el mejor entrenador vocal de la actualidad. El entrenador había sido la primera opción de Jamie, pero al no lograr contactarlo, ella había perdido cualquier esperanza de que él fuera su entrenador.

- Buenas, ¿hablo con Jamie Lee? – preguntó Andrew.
- Sí, ella misma habla – contestó.
- Es Andrew Grant. Disculpa que no te haya podido devolver la llamada antes. Tú sabes cómo son las cosas en el mundo del espectáculo, apenas tenemos tiempo para respirar…
- Te llamaba para decirte que sí, quiero ser tu entrenador. ¡No me puedo perder estar oportunidad! – continuó diciéndole – El regreso de Jamie Lee. ¡Eso va a ser fantástico! Quiero que sepas

que soy tu fan número uno. Me encantó tu obra de Broadway, fui como cinco veces a verla y lloré hasta el final…

- ¿Por qué lloró al final? – pensó Jamie para sí misma mientras lo escuchaba hablar.
- Tú me dejas saber cuándo empezamos. Le llego esta misma semana a Nueva York si es necesario.
- Sr. Grant…
- Andrew, me puedes llamar Andrew – la interrumpió.
- Sr. Grant, digo Andrew. Es un honor poder hablar con usted… Honestamente no esperaba su llamada, ya habían pasado algunas semanas desde que lo llamé, pero qué bueno que me devolvió la llamada… Si es posible, permítame llamarlo de vuelta en lo que me organizo, pero sí, me gustaría trabajar con usted…
- ¡Espléndido! Andrew Grant y Jamie Lee. Nadie lo va a ver venir. ¡El mejor regreso de todos los tiempos!
- Sí, con el favor de Dios…
- ¿Eh? – dijo Andrew al reaccionar, no se esperaba esa respuesta.
- Bueno, adiosito, hablamos pronto – se despidió al enganchar.
- Sí, adiós, Sr. Grant, digo Andrew, hasta pronto.

Se le había ido el entusiasmo al culminar la conversación. La indecisión se apoderó de la joven cantante, ya que tenía que escoger entre las alternativas. ¿La mejor voz o el mejor entrenador? ¿Experiencia o técnica? ¿Cuál de los dos debería elegir como su mentor?

3

Las voces extrañas

El sol estaba comenzando a entrar por las cortinas de las ventanas cuando un exquisito olor a café inundó el cuarto. Allí estaba aún Jamie dormida. Su rostro se veía hermoso aun sin maquillaje. Se podía ver una que otra peca, adornos naturales de su piel. Su cabello dorado le tapaba parte del rostro, pero aun así despeinada Javi la encontraba radiante. Aguardó unos segundos para contemplar al amor de su vida antes de entregarle la energizante bebida que le había preparado. A pesar de todo lo que habían pasado para él valió la pena, él la amaba sin mesura.

La joven despertó con una sonrisa al sentir el aroma próximo a ella. Era rico despertar con su bebida favorita, caliente, tal como a ella le gustaba, pero más gratificante era abrir los ojos y ver a su amado junto a ella. Perderse en sus ojos, sentir esa seguridad de saber que no había nada que no pudieran enfrentar juntos. Que él siempre iba a estar para ella, protegiéndola, cuidándola.

Durante el transcurso del día Jamie le compartió su dilema a Javi. Ella realmente no sabía qué hacer. ¿A cuál de los dos expertos debía escoger para que fuera su mentor? Para Javi la decisión era obvia, pero ¿cómo podía comunicárselo a su esposa efectivamente?

- Creo que la decisión es obvia – ya había comenzado con el pie izquierdo – No deberías trabajar tan de cerca con alguien del sexo opuesto. La frecuencia y la compañía con y de esa persona podría llevar a algo más. Ya hay un precedente para eso.

- ¿En serio estás hablando de Gustavo? Pensé que ya habíamos sobrepasado eso.
- ¿Gustavo? ¡Yo no estoy hablando de Gustavo! – refutó – Estoy hablando de mí y de Madison...

Jamie se quedó patidifusa, nunca había escuchado de una tal Madison.

- ¿Madison? – le cuestionó.
- Supongo que es momento de hablarte de ella...

Al igual que Javi, el Seminario Teológico de Dallas también estaba experimentado cambios. Meses antes de que Javi hubiese empezado a trabajar con ellos habían cambiado de presidente. El nuevo líder trajo varios cambios a la institución. Entre ellos estableció un consejo asesor que lo ayudara a comprender, promover y celebrar las diversidades que había en la comunidad de estudiantes, fueran culturales, físicas o teológicas. El presidente anterior no hubiese hecho algo así. De hecho, todos los miembros del antiguo grupo asesor eran egresados del seminario de Dallas, por lo que en su mayoría compartían las mismas posturas teológicas. En cambio, el nuevo presidente quería tener diferentes formaciones y perspectivas. No quería que todos los integrantes de su equipo de trabajo fueran egresados de la institución. Por eso se aseguró de tener diversidad entre los miembros del grupo, racial, generacional, y en particular, egresados de diferentes instituciones, entre ellos Javi, quién se había graduado del seminario de Princeton.

En la actualidad, el consejo asesor del presidente cuenta con ocho miembros, pero no siempre fue así. Cuando Javi comenzó a trabajar el consejo se estaba formando, estuvieron bastante tiempo entrevistando y buscando a otros candidatos. Así que por algún tiempo sólo eran Madison y él.

Madison era la típica joven santurrona, de las que siempre seguía las reglas y decía amén a todo. Ella era fruto del seminario de Dallas. Tenía una trayectoria impecable personal, ministerial, y académicamente. El haber sido una de las mejores estudiantes de su clase le aseguró sin duda un espacio en el consejo presidencial. Físicamente no era fea, pero tampoco era una modelo, era una joven promedio de composición delgada. Era de tez blanca y de cabello castaño oscuro, al igual que sus ojos. Utilizaba espejuelos y era conservadora en su vestimenta – jamás la verías con un escote.

Sin embargo, muchas de sus convicciones fueron puestas a prueba cuando conoció a Javi. Al tener diferentes formaciones, con frecuencia estaban argumentando el uno contra el otro. Ella ponía a prueba sus puntos de vista y él de igual forma. Ambos tomaban en serio su trabajo, por eso era común que tomaran el rol del abogado del diablo con el fin de poner a prueba las posturas del otro. Al final del día, nadie sabía cómo lo hacían, pero se ponían de acuerdo y a pesar de todo, ambos cumplían con su trabajo de una manera excelente.

Con frecuencia Madison pensaba en Javi, aún en horas no laborales. Ella trataba de entenderlo, de poder descifrarlo. Él era un caos en su orden, le rompía todas sus fórmulas, diagramas y preconcepciones. Peor aún, no sólo con frecuencia retaba sus creencias, sino que en ocasiones la hacía cambiar de pensar. Definitivamente, él estaba poniendo su mundo patas arriba. Como era de esperarse, con el pasar de tiempo ella se fue encariñando con él. Primero sintió tolerancia, después respeto, luego afecto, hasta que al final se convirtió en un interés romántico.

Esos sentimientos hacia él surgieron por sí mismos. No era como si él la hubiese alentado o le hubiese dado indicios de que él estaba interesado en ella. De hecho, Javi siempre llevaba su anillo matrimonial puesto, sólo se lo quitaba cuando iba a bañarse. Sin embargo, eso no detuvo a Madison de enamorarse de él. Ella estaba convencida que el matrimonio de él era una farsa, sólo le bastaba con revisar los hechos: Javi vivía en el mismo complejo de apartamentos que el resto de la población estudiantil, nunca hablaba de su esposa y mucho menos lo veían con ella, para todos los efectos él era soltero.

Independientemente del responsable de los sentimientos de Madison, la realidad es que ambos ya estaban acostumbrados a la dinámica entre los dos. A esa tensión, a esa hostilidad amistosa. Javi ya podía hasta anticipar cuándo Madison le iba a responder con un comentario sarcástico, como ella solía responderle. En la mente de Javi, su relación con Madison era estrictamente laboral. Él siempre llevaba su anillo puesto, nunca coqueteaba con ella. Siempre la trataba con respeto y cordialidad. Sí tenían ciertas tensiones típicas de una pareja, pero en su mente él estaba seguro de que la estaba tratando como trataría a cualquier otro colega fuera hombre o mujer. Así que, bajo su perspectiva, no había nada entre ellos dos. Él no le escribía o pensaba en ella fuera de horas laborales, ¿por qué habría de preocuparse de que ella sintiera algo más?

El tiempo fue pasando y la dinámica entre los dos fue cambiando poco a poco según Madison se enamoraba de él. Su amor por Javi la volvió más condescendiente, ya no argumentaban tanto como antes. De cierta forma ella estaba comprometiendo sus verdaderos principios o convicciones por congraciarse con su compañero. En ocasiones simplemente aceptaba lo que Javi sugiriera aún si ella no estaba completamente de acuerdo. Además de este aspecto, Madison comenzó a coquetearle, pero él no se daba por enterado. Honestamente, él pensaba que ella estaba buscando otra manera de irritarlo. Esto la molestaba mucho, sentía que estaba comprometiéndose a cambio de nada.

Los días fueron pasando hasta que la gota colmó el vaso y ella perdió la paciencia y lo increpó.

- Ya no puedo seguir así. ¿Qué es esto? ¿Qué hay entre nosotros dos?
- ¿Cómo qué hay entre nosotros dos? Somos compañeros de trabajo.
- ¿Sólo compañeros? ¿Y tú no sientes esto? ¿Esta tensión qué hay entre los dos?
- Claro que la siento, pero es porque a ti te gusta irritarme, pero tranquila ya me acostumbré…

El comentario de Javi sacó a Madison por el techo[13] y se fue molesta hacia uno de los pasillos. Inmediatamente, Javi corrió tras de ella y aguantándola por el brazo le preguntó:

- ¿Qué sucede?

---

[13] Dicho de Puerto Rico. Hacer molestar a alguien de tal manera que pierda la compostura.

La joven respiró hondo, visiblemente molesta. Entonces Javi le dijo tratando de tranquilizarla:

- Lo siento, era una broma, no quise ofenderte.
- ¿No sientes nada por mí? Javi, yo te amo, estoy enamorada de ti...

Javi soltó a la joven como un reflejo, y se echó hacia atrás.

- Pero Madison, tú sabes que estoy casado – le dijo enseñándole su mano con el anillo.
- ¿Lo estás? ¿Dónde está ella? Porque llevas meses viviendo y trabajando aquí y nadie la ha visto ni una sola vez... – le reclamó – Si me preguntas, tu matrimonio es una fachada, una farsa para ocultar quien realmente eres. Una máscara para esconder cómo verdaderamente te sientes...

Había tanta verdad en las palabras de Madison. Ella tenía razón, Javi llevaba tanto tiempo ocultando quien realmente era: un esposo abandonado. Escondiendo cómo realmente se sentía, herido, traicionado, rechazado. Pero algo sí era cierto, su matrimonio era legítimo, él estaba casado. El joven no tuvo de otra que invitar a Madison a un café y finalmente descubrir su corazón al contarle su historia.

Al final del relato Javi hizo una larga pausa y concluyó diciéndole a su esposa:

- Ya he aprendido mis lecciones. Desde entonces he aprendido a cuidarme cuando trabajo de cerca con el sexo opuesto y aprendí a confiar en ti cuando no estamos de acuerdo. Así que escojas a quien escojas, te apoyo. Sólo quiero lo mejor para ti, con quien más te sientas cómoda. Quien te ayude a ser una mejor cantante.

Las palabras le resonaron a la cantante, a quien se le salió una que otra lágrima mientras escuchaba a su esposo. No sólo porque eran realmente honestas y salían del corazón del varón, – cuánto hemos cambiado, pensó ella por un segundo – sino que le habían dado claridad en cuanto a lo que debía hacer.

- En efecto, es todo lo contrario… – analizó en voz alta.
- Debería ser alguien que me rete, alguien que me haga sentir incómoda – le afirmó a Javi.

La mayoría de los artistas seculares vivían en Nueva York o Los Ángeles. Lo ideal hubiese sido haberse quedado donde residían actualmente, pero tuvieron que relocalizarse temporeramente a Los Ángeles donde vivía la persona que estaría entrenando a Jamie. Aunque la mudanza era algo oneroso, les hacía bien este cambio, tener un nuevo comienzo. Al irse de Nueva York, ahora no tendrían nada que les recordara el pasado. Podían empezar de cero, tener un cambio de ambiente, de mentalidad, de enfoque.

Lograron alquilar un hermoso apartamento en el corazón de la ciudad, justo al frente del hermoso puente viaducto de la sexta avenida. A Jamie le encantaba el dinámico juego de luces que solía haber en el puente, era todo un espectáculo.

Era lunes en la mañana cuando el timbre sonó.

- ¡Angela! – exclamó Jamie al abrir la puerta, su mentora había llegado.

Jamie se había decidido por la veterana. Necesitaba en su esquina a alguien que la retara, a alguien que no se congraciara con ella, sino que la llevara a sus límites, tal como lo hizo Javi al principio cuando conoció a Jamie. Grant era muy bueno, pero no lo sintió auténtico, sintió que era un lambón[14]. Simplemente no se podía arriesgar. Angela era la mejor opción.

Angela estaría reuniéndose con Jamie de dos a tres veces en semana, dependiendo del progreso de la estudiante y de la disponibilidad de la profesora.

Luego de varias secciones habían hecho un gran progreso. Ya Jamie podía cantar con la seguridad que antes la caracterizaba. También

---

[14] Adjetivo coloquial de Latinoamérica para describir a alguien adulador o zalamero.

había pulido su voz, su registro de voz estaba intacto, y lo gallos[15] se habían ido corriendo. No obstante, estaba teniendo dificultad en algo que antes dominaba fácilmente, algo que de cierta manera era un reto de principiantes: el mantenerse cantando en la misma voz. Jamie estaba tan fuera de práctica que cambiaba la melodía que estaba haciendo cuando Angela cantaba con ella. La veterana le instruía con paciencia, pero Jamie intentaba y constantemente reincidía en lo mismo. Estaba realmente frustrada.

Mientras tanto Javi estaba en la posición opuesta a Jamie. Mientras que ella era la estudiante, Javi era el profesor. Había conseguido una oportunidad para dar clases en la Escuela de Teología Talbot de la Universidad de Biola. Si buena era la oportunidad, más bueno era el hecho de que estaba a sólo media hora de su apartamento, una distancia relativamente corta comparado a lo que él solía viajar cuando estudiaba en Princeton.

El pasearse por su nuevo campus, le traía a Javi a la memoria sus experiencias vividas en Princeton y Dallas. Aunque la mayoría de sus vivencias fueron buenas, no todas lo fueron. En particular aquellas relacionadas a Madison. El día que le contó a Jamie sobre ella, no pudo evitar recordar las incómodas situaciones que vivió con ella. En específico, el hecho de que ella estaba convencida de que Dios los quería juntos, aun cuando él estaba casado.

- He orado intensamente por esto y no me queda duda de que nuestra relación es voluntad de Dios – le decía Madison cuando hablaban en privado.
- ¿Ah sí? Dios quiere que estés con alguien casado. ¿Esa es Su voluntad?
- Sólo si tú quieres – le respondió – Dios bendecirá nuestra unión si tú decides formarla.
- Ajá, ¿cómo así? – preguntó intrigado.
- En Mateo 19:9 Jesús aclara que la única forma de dejar a una esposa es si ella – como lo fue en tu caso – le fue infiel a su marido. Así que, nuevamente, si tú lo decides, si decides dejarla, te aseguro; Dios bendecirá nuestra unión.

---

[15] Sustantivo para describir una ruptura, desconexión o cambio súbito en la voz.

Era inquietante con la seguridad que ella hablaba. Hacía a Javi titubear. ¿Estaré en lo correcto al serle fiel a una esposa que me abandonó? – se cuestionaba. ¿Qué tal si Madison tiene razón? Dura cosa te es dar coces contra el aguijón – pensaba para sí. ¿Cómo puedo diferenciar entre lo que es la voluntad de Dios y mis emociones, sus emociones?

Mientras tanto, Angela continuaba instruyéndole a Jamie con mucha paciencia y amor.

- Jamie, tienes que mantenerte en tu carril – le indicaba Angela – Apaga el resto de las demás voces y enfócate en la voz que estás haciendo, identifica y enfócate en cuál es tu voz.

4

La voz

Era temprano en la mañana cuando Javi intentó invadir la oficina de su mentor. Caminaba de lado a lado por el pasillo esperando a que él llegara a su oficina. Él hubiese podido haberlo llamado en cualquier momento y vaciar sus preocupaciones, pero no había nada como hablar en persona. Sentir esa conexión, esa intimidad. Verle el rostro a la persona que te está hablando y experimentar cómo sus expresiones faciales acentúan el mensaje. El detalle era que ya para ellos era una costumbre el reunirse en persona cuando tenían sus secciones. Ordinariamente, Javi le decía con tiempo al catedrático y sacaba una cita. No por formalidad sino para asegurarse de tener disponible el tiempo para él. Pero no en esta ocasión, Javi sentía que no había tiempo para formalidades. Sentía que era de vida o muerte. Necesitaba aclarar sus dudas lo antes posible. No quería estar fuera de la voluntad de Dios.

Finalmente llegó el profesor y se tomó su tiempo en abrir la oficina. Colocó sus pertenencias en su sitio y se acomodó antes de llamar su discípulo.

- ¿Y qué te trae tan temprano por aquí? – preguntó MJ intrigado.
- Estoy tan confundido, necesito su consejo, pero de que ya – confesó Javi.
- No hay nada mejor para la confusión que una buena taza de café, pero tiene que ser negro – bromeó – Ven, acompáñame a la cafetería mientras hablamos.

Los dos hombres caminaron lado a lado rumbo al establecimiento. El mentor se acomodó su abrigo y se puso las manos dentro de él ya que hacía frío. Salía vapor de su boca al respirar.

- Cuéntame Javi, ¿qué te tiene así?
- Estoy confundido y no sé qué hacer. ¿Cómo puedo diferenciar entre la voz de Dios y mis emociones? ¿Cómo puedo identificar la voz del Espíritu Santo?
- ¿Cómo puedo identificar la voz del Espíritu Santo? – repitió el profesor.

El catedrático guardó silencio brevemente en lo que formulaba su respuesta mientras Javi permanecía atento a él, ansioso por recibir de su sabiduría.

- ¿Tú crees que el Espíritu Santo vive dentro de nosotros?
- Sí, desde el momento en que entregamos nuestras vidas a Cristo – contestó con ímpetu como evitando fallar una prueba.
- Pues mira, la pregunta que hiciste pareciera bien complicada, con una respuesta bien profunda, pero fíjate es todo lo contrario. La contestación es bien sencilla…

Parecía que MJ se tardaba adrede, pero cada pausa que hacía tenía un propósito. Intentaba enfatizar lo que estaba diciendo.

- Si el Espíritu Santo vive dentro de nosotros, entonces nos puede hablar a nuestros corazones. Hazle caso a lo primero que te diga. Sin dudas, ni vacilaciones.

¡Qué respuesta tan sencilla, pero a la vez que reveladora! Javi permaneció callado procesando la poderosa verdad revelada ante él mientras que su mentor prosiguió:

- Con frecuencia el Espíritu Santo nos habla y nosotros no le hacemos caso porque lo pensamos demasiado. Empezamos a pensar y a pensar y a veces terminamos *metiendo la pata*[16] por haber complicado el asunto o, peor aún, terminamos no haciendo nada por no estar seguros. Si sientes una voz en tu interior que te dice algo, es el Espíritu Santo hablando. Así que no le des más vueltas y hazle caso de la primera.

Sin haberse dado cuenta habían llegado hasta dónde la cajera del establecimiento.

• Dos cafés, por favor. Uno de ellos que sea negro – le especificó MJ.

Las bebidas calientes estuvieron listas al cabo de unos minutos, y al tomar un sorbo Javi le respondió a su mentor:

• Tiene razón, no hay nada mejor para las dudas que un café.

Los hombres chocaron sus vasos victoriosamente y volvieron de regreso a la oficina donde dialogaron un rato más. A veces las preguntas más difíciles, tienen las respuestas más sencillas. Sólo hace falta escuchar y una taza de café.

Parecía que el dilema de Jamie era uno de concentración. Cada vez que intentaba permanecer haciendo una melodía cambiaba a otra sin intención. Sin embargo, había algo más allá que el simplemente no poder concentrarse. A ella le faltaba algo fundamentalmente necesario, pero ¿qué era? Ya había recuperado su registro. Tampoco era falta de proyección. A simple vista pareciera como si se le hubiese olvidado el fundamento para hacer melodías de voces. Como si se hubiese olvidado de las escalas, o hubiese perdido la capacidad de ejecutar una secuencia de notas diferente a la primera voz. El problema no eran las voces, porque también le pasaba a la inversa. Si ella estaba haciendo la voz principal se confundía y terminaba haciendo una segunda o tercera

---

16 Dicho coloquial para describir que se está cometiendo un error.

melodía. Así que no era nada de eso, era algo más. Había perdido la confianza en su voz.

Algo había sucedido en ella que la hacía flaquear. Era como si ya no reconociera cuál era su voz propia, como si no recordara cómo ella, cómo su voz sonaba. No fue hasta cuando ella tuvo un proceso introspectivo e internalizó esto que pudo corregir este reto. Tuvo que volver a lo básico, tuvo que volver a conocer, y confiar en su voz. ¡Y qué voz!

Angela estaba verdaderamente sorprendida, porque Jamie nunca había cantado así. Había un segundo aire, había una nueva energía, una ejecución como nunca antes. Lo que la mentora no sabía era que el crédito no era de Jamie. Ella había decidido dedicarle su talento al Señor, cantarle sólo a Él, y no fue hasta cuando ella comprendió que su voz era ahora Su voz, que pudo volver a confiar ciegamente en las notas que salían de su boca. Ahora sí podía cantar como si fuera un reflejo. Jamie se dejó caer, confió y descansó en el Señor, en la promesa que Él le hizo a ella. Para su sorpresa, su mejor temporada, como cantante, como ministro de Dios simplemente acababa de empezar.

El consejo que MJ le dio a Javi lo puso en práctica inmediatamente. Para su sorpresa, el Espíritu Santo le hablaba con más frecuencia de la que él esperaba o quería. Se encontró en situaciones donde el Espíritu Santo lo dirigía en cosas triviales y cotidianas, y veía el efecto inmediato de seguir Su consejo en las decisiones que tomaba. También, sintió la presión cuando su ahora guía personal le indicaba que tenía que hacer cosas que no necesariamente él quería hacer.

Con relación a su indecisión con Madison, el Espíritu Santo le habló a su corazón, tal como le aseguró MJ Simpson. Una noche mientras Javi estaba en su apartamento y tenía su tiempo devocional, le hizo recordar la historia de Oseas: "Ve, ama a una mujer amada de su compañero, aunque adúltera, como el amor de Jehová para con los hijos de Israel." Cuando Javi meditó en las palabras del Espíritu Santo no se enfocó en la situación de Oseas. Él pudo haberse sentido como un perdedor ya que, en la historia bíblica, la esposa de Oseas se va tras sus amantes.

Sin embargo, Javi no se enfocó en las circunstancias de Oseas sino en el llamado que este recibió: ama. Ama con el amor de Jehová. Ama a tu esposa como Cristo ama a la Iglesia.

Estaba decidido, no había más nada que buscar. De hecho, esta decisión que estaba afirmando, era la que había tomado desde el día en que se enamoró de Jamie, la que afirmó cuando se hizo novio de ella, la que selló cuando que hizo sus votos frente a un altar y ante Jehová. Era una decisión que no le costaba, porque él amaba a su esposa, ella seguía siendo el amor de su vida. Él la amó en el pasado, la amaba en el presente y ahora que el Espíritu Santo le había recordado su pacto, la amaría en el futuro. La emoción al recordar su pacto fue tal que sin titubear llamó por teléfono a su esposa. Él quería dejarle saber que la seguía amando, pero una vez más al igual que cientos de veces anteriormente la llamada había ido directo al buzón de voz. Ella seguía teniéndolo bloqueado.

5

Pasado, presente, y futuro

A OÍDOS DEL MENTOR LLEGÓ EL RUMOR DE QUE MADISON Y JAVI ERAN pareja. Si no lo eran, sus fuentes indicaban que había un coqueteo intenso entre los dos, y que ella estaba perdidamente enamorada de su compañero, su discípulo. MJ sabía de corazón la precaria situación en la cual estaba el joven. Desde un plano lógico y humano, a él también le hacía sentido que el joven formalizara el divorcio con la esposa que le había sido infiel y lo había abandonado haciéndole tanto daño. Para él hacía toda la lógica del mundo establecer una relación con una joven con las tremendas cualidades que tenía Madison quién lo amaba, aún si eso significaba que él tuviera que cambiarse de unidad de trabajo por posibles conflictos de interés.

Así que, durante su siguiente sesión de mentoría, MJ trajo el tema tan pronto pudo.

- ¿Qué hay entre tú y Madison?
- Nada, somos buenos compañeros de trabajo. Nada más.
- Mis fuentes me dicen que hay mucha tensión entre los dos, mucho coqueteo, como si ninguno de los dos se atreviera a dar el paso.

La aseveración de MJ dejó a Javi estupefacto. No se esperaba ese tema de conversación por parte de su mentor. Tampoco esperaba que él hubiese sido tan directo. Guardó silencio por breves segundos en lo que organizaba sus pensamientos.

- Como te dije, no hay coqueteo, ni nada entre los dos. Tampoco hay timidez o miedo, ya ella dio el primer paso y me dejó saber cómo se siente.
- ¿Y qué le dijiste? – preguntó visiblemente emocionado.
- ¿Qué le voy a decir? Estoy casado.
- ¿Lo estás? ¿Dónde está su fidelidad hacia ti? ¿Dónde está el cumplimiento de sus votos? Para todos los efectos en un simple papel.

El joven no se esperaba un golpe así de bajo por parte de alguien en quien confiaba, a quién quería. Sin embargo, no había malicia en el corazón de MJ. Ellos acostumbraban a tratarse hostilmente y a confrontarse cuando argumentaban durante sus sesiones. Para MJ este tema era como cualquier otro, aunque para Javi en cambio era obviamente un tema sensitivo.

- Javi, tienes ante ti una excelente oportunidad con una joven extraordinaria, que todos queremos y que te ama – le dijo con un tono amoroso – ¿Cuántos años hacen ya desde que hablaste con tu esposa por última vez? ¿No será que te estás aferrado al pasado? Te vas a perder las bendiciones que Dios tiene para ti si sigues aferrado al pasado y no abrazas el futuro.

Javi guardó silencio nuevamente y una vez más calmado le contestó:

- No estoy aferrado al pasado, ni a lo que ella fue. Simplemente, estoy comprometido a ver su mejor versión aún, la versión del futuro.

MJ lo miró a los ojos fijamente y permaneció callado. Por primera vez se había quedado sin respuesta. ¿Qué le contestaba a eso? MJ lo conocía bien, podía distinguir cuando Javi hablaba en serio. No había sido una respuesta clichosa[17], por salir del paso. Había sido una afirmación, una declaración en fe que había salido desde lo más profundo de su corazón.

---

[17] Adjetivo derivado de la palabra *cliché*. Una idea o expresión demasiado repetida.

Con la llegada de más miembros al consejo presidencial, las tensiones entre Madison y Javi se calmaron. De hecho, la dinámica entre ellos cambió por completo. Al haber más miembros ya no tenían que interactuar tanto, así que se habían convertido en conocidos, literalmente compañeros de trabajo. No obstante, aunque su relación laboral había cambiado, los sentimientos que ella tenía por él seguían siendo los mismos.

Tiempo después, meses antes de que Jamie se enfermara de cáncer, Javi tuvo la oportunidad de comenzar a predicar y evangelizar, y fue así como inició su ministerio. Por lo que renunció a su puesto en el consejo presidencial. Ese último día que laboró en el consejo asesor tuvo unas palabras en privado con Madison, justo antes de irse.

- Sólo quería decirte que eres una mujer espectacular, y aunque las cosas no ocurrieron como tú deseabas, has sido parte de mi crecimiento y por eso siempre te estaré agradecido.

A la joven, que ya de por sí estaba emocional, se le salieron las lágrimas mientras escuchaba las palabras de su compañero.

- A través de nuestras conversaciones me mostraste puntos de vista que no había considerado y si hoy en día soy el hombre que me he convertido ha sido en parte por ti. Así que, gracias.

Los compañeros de trabajo se dieron un fuerte abrazo y al soltarse Madison se asió de él y le rogó una y otra vez por un beso.

- Uno, uno y nada más – le rogaba ella.

Él se acercó como si fuera a dárselo, y esa cercanía, ese calor, sentir el olor de su respiración lo tentaron. Pero resistiendo la tentación le dijo:

- Estoy casado, lo siento, adiós Madison.

El hombre dio media vuelta y se marchó, pero Madison no se dio por vencida y lo haló con fuerza por un brazo y tomándolo por sorpresa lo besó. En un principio, Javi estaba reacio a la idea de besarla, pero sucumbió al sentir los tibios labios de la joven, que fueron un refrigerio para él, un oasis en el desierto donde vivía falto de afecto y validación. Entonces la tomó por la cintura y prolongaron el beso. Por breves segundos en su genuino cariño encontró un refugio, y se sintió abrazado y querido. Hasta que la culpa le alcanzó porque había internalizado que su beso con Madison era un placebo, un proxy[18]. Con quién anhelaba sentirse así era con su esposa, el amor de su vida, Jamie. Despertando abruptamente del sueño interrumpió el beso y le dijo visiblemente afectado:

- Lo siento, no debí haberlo hecho.

Entonces finalmente se marchó.

Las lágrimas brotaron inmediatamente por las mejillas de Madison, quien había vivido finalmente su más ansiado sueño en un destello, y ahora tenía que ver marchar al amor de su vida, para probablemente, nunca tenerlo así de cerca, así de íntimo, nunca más.

Mucho tiempo después. Después de la enfermedad de Jamie, después de su reconciliación con Javi. Después de que Jamie se reuniera con Angela o Javi diera clases en Biola. Mucho tiempo después se encontraba Javi en un gran escenario de mucho prestigio. Había mucha gente frente a él, celebridades, personas importantes. Las cámaras lo apuntaban, había todo un equipo de producción. Él llevaba puesto su esmoquin de gala, se veía muy guapo. Los nervios lo querían traicionar, pero pudo más la alegría que tenía ese momento, le tocaba presentar a su esposa.

Sin embargo, antes de cederle el espacio, debía introducirla, y le pareció apropiado hacer un recuento de su historia.

- La cantante que viene a continuación tiene una trayectoria especial, y no lo digo porque es mi esposa...

---

[18] Persona autorizada para actuar en nombre de otra persona.

La audiencia respondió con risas, mientras Javi prosiguió:

- No es algo que puedes ver todos los días. Sus primeros pasos profesionales los dio en Juilliard, donde participó en producciones locales de la escuela. Luego se introdujo al mundo del espectáculo a través de Broadway y poco tiempo después ganó su primer Tony.

Javi hizo una pausa antes de continuar con su línea de pensamiento. Quería encontrar las palabras apropiadas y aguantar las ganas de llorar que le causaban los próximos sucesos que narraría.

- Mientras aparentaba estar en el tope de su carrera, en un giro inesperado contrajo cáncer en la garganta. Y cuando todo parecía estar perdido para ella, a Dios le plació sanarla y permitirle regresar mejor que nunca para Su gloria.

Entonces, dijo finalmente con entusiasmo y carisma:

- Damas y caballeros, permítanme presentarles a la cantautora, la ganadora de Tony, Emmy, Grammy y Oscar. La única, la increíble, Jamie Lee...

La reacción de la audiencia no se hizo esperar, y mientras Jamie entraba al escenario los presentes se ponían de pie y aplaudían y gritaban ante su presencia. La mujer besó y abrazó a su fiel esposo, quien ahora disfrutaba y era partícipe de la mejor versión que Jamie podía ser. Al este retirarse del escenario, ella se colocó en el medio de la plataforma y levantó una mano al cielo dándole toda la gloria a Dios. La conmoción por la ovación hacia su persona era tan fuerte que podía dejar a cualquiera sordo. Sin embargo, a pesar del estruendo ella era capaz de enfocarse en el momento. Aunque la audiencia y el evento era uno secular, ella quería conectarse con su Sanador; ya que aunque los espectadores quizás se fijaran en su talento, ella estaba clara de que iba a ministrar con el talento y oportunidad que Dios le había concedido. A pesar del contexto, ella estaba consciente de lo que iba a hacer, así que se conectó con Dios y en su mente puso todo lo demás en silencio.

6

Silencio

Luego de tantos premios, de tanta fama, de tanta gloria. Después de tanto, cualquiera pensaría que Jamie y Javi lo tenían todo. Ambos habían logrado ser exitosos en sus respectivas carreras. Además, contaban con un poderoso testimonio de cómo Dios había transformado sus vidas y su matrimonio. Cualquiera pensaría que lo tenían todo, ¿qué les podía faltar? Lo que muchos no sabían es que a pesar de todo lo que habían adquirido, una cosa importante les faltaba: anhelaban formar una familia.

Llevaban meses intentando y nada. Jamie era precisa en el conteo de su ciclo menstrual, e intimaban las fechas correctas para maximizar una gestación. Sin embargo, no lograba quedar embarazaba. No era un problema de infertilidad. Ya habían ido a los doctores y habían descartado cualquier problema. Podían intentar una fertilización in vitro, pero ellos no querían intentar un método alterno sabiendo que ambos estaban saludables.

¿Sería un problema espiritual? Se habían reconciliado hace mucho tiempo. No había ningún rencor escondido o algo que faltara por perdonar. Era todo lo contrario, se amaban y estaban enamorados más de lo que estaban cuando eran novios. Ellos oraban con fervor con respecto al tema, pero Dios parecía estar en silencio en ese aspecto. Aún la enseñanza que MJ le había instruido a Javi acerca de escuchar lo primero que dijera el Espíritu Santo no les funcionaba. Lo único que sentían en su interior era que debían de seguir intentándolo. ¿Pero por qué no se daba? Era todo un misterio.

Un buen día se encontraron con Manny que estaba de visita en la ciudad. Él y su esposa Grace habían tenido un hermoso hijo. Javi y Jamie se alegraron de gran manera por sus amigos, pero la realidad es que en un inicio el encuentro fue agridulce. La presencia del bebé era un recordatorio de lo que ellos aún no habían podido alcanzar. En algún momento durante el encuentro, la pareja les confió a sus amigos la prueba por la cual estaban pasando.

- Si supieran, fue exactamente lo que nos pasó a nosotros – les confió Manny.
- Intentábamos e intentábamos y no podía quedar embarazada – añadió Grace.
- No fue hasta cuando recibimos el consejo que les vamos a compartir que pudimos lograrlo – enfatizó Manny.
- El truco es hacerlo sin la presión de que debes quedar embarazada – le dijo Grace.
- Sí, háganlo como que se aman y disfruten, como si estuviesen otra vez en la luna de miel.
- Les aseguro que poco tiempo después que cambiamos de mentalidad, quedé embarazada – afirmó Grace.
- Así mismo fue, rapidito, boom, y ya tenía el bebé – insistió Manny – Ámense mucho y ya.

A la mente de Javi le vinieron algunas de las enseñanzas que había recibido anteriormente. Escuchaba a su mentor MJ diciéndole: "las preguntas más difíciles, tienen las respuestas más sencillas." También recordaba cuando el Espíritu Santo le dijo en un momento: "Ama. Ama a tu esposa como Cristo ama a la iglesia." Eran respuestas que ya sabía, que tenía a su alcance, pero por la desesperación no las había recordado, ni puesto en práctica.

Jamie y Javi se miraron el uno al otro sabiendo lo que querían hacer, y sin mucho rodeo se despidieron de sus amigos y se fueron a poner inmediatamente en práctica el consejo que habían recibido.

En efecto, el consejo que habían recibido había sido uno muy efectivo. Tan pronto los esposos comenzaron a disfrutar a plenitud ese aspecto del matrimonio Jamie pudo quedar embarazada. Las semanas fueron pasando y ya sabían el sexo que tendría el bebe, era una niña. La provisión de Dios para restituir ese vínculo femenino perdido cuando murió su hermana. Ahora la tarea era escoger el nombre de la bebé.

- ¿Haz pensando nombres para la bebé? – le preguntó Jamie.
- Tengo algunos, pero aún no estoy decidido – le respondió.
- Tengo un requerimiento – le solicitó – Tu nombre empieza con Ja, mi nombre empieza con Ja, así que el nombre de la bebé debe empezar con Ja.
- Me parece bien – afirmó Javi con una sonrisa.
- Estaba pensando en Janice, es una mezcla de nuestros nombres con Alice, que era el de mi hermana. Es una bonita forma de honrarla.
- También podemos ponerle Jasmine o Jade – le sugirió Javi – Ambos me recuerdan a nuestra historia. Jasmine, como una flor que florece en tiempos de adversidad y Jade como una piedra preciosa de mucho valor.
- Está difícil la decisión – dijo Jamie entre risas.
- Sea el nombre que le pongamos, podemos ponerle de apodo Jay Jay.
- Jay Jay, es pegajoso, me gusta – respondió Jamie.

Una tarde mientras la familia estaba en una tienda por departamentos dentro de un centro comercial, la paz de Javi fue interrumpida cuando Jamie fue corriendo hasta donde él.

- Javi, la nena se me perdió, se me perdió la nena. Ayúdame a encontrarla – le dijo entre sollozos.
- ¿Dónde la viste por última vez? – le preguntó.

- Estábamos en el área de bebés, ella estaba en el coche, y cuando me fijé ya no estaba. O aprendió a quitarse el seguro o alguien se la llevó – le contestó.
- Ve por el oficial de seguridad, rápido – le indicó.

Javi evaluó sus alternativas. O se ponía a buscarla en el área de bebés, o iba a la salida más cercana, o le consultaba al Espíritu Santo. Rápidamente, oró en su corazón:

- Señor, dirígeme, ¿qué debo hacer?

Inmediatamente el Espíritu Santo le contestó:

- Haz silencio y escucha.

El padre permaneció donde estaba y cerró los ojos y se concentró profundamente y comenzó a escuchar diferentes sonidos. Escuchó a las personas hablando, la música de fondo, y hasta a un empleado vendiendo perfumes. Estuvo varios minutos así hasta que pudo escuchar a lo lejos a su bebé llorando. El hombre corrió velozmente en dirección hasta donde estaba la criatura. Al legar pudo encontrarla sentada en el suelo llorando, parecía que en efecto había aprendido a quitarse el amarre del coche. El padre la tomó en sus brazos inmediatamente y la arrulló. Seguido, llegó Jamie con un oficial de seguridad; fue un verdadero alivio el haberla encontrado.

¿Por qué Javi no pudo simplemente llamarla por su nombre? De seguro eventualmente respondería. Bueno, digamos que para él no era una opción.

¿Cómo la gente sabe que una soprano está dando a luz? Por sus gritos la conoceréis. Digamos que todos se enteraron de que Jamie estaba dando a luz. A pesar de eso, el día de su parto fue uno muy memorable.

Los padres de Jamie habían viajado para darle la bienvenida a su nieta. Estaban en la sala de espera ansiosos ante la llegada de la bebé.

Adentro en el cuarto, Javi había preparado todo. Había puesto flores, una velita de olor, música relajadora, hasta hizo un mural de fotos de los momentos y personas más especiales para ella.

Luego de doce horas intensas de parto, la bebé había nacido. Fue una experiencia hermosa, hasta Javi tuvo la oportunidad de sacarla y entregársela a su esposa. La bebé logró pegarse a su mamá, y luego de esa primera toma y ese periodo de apego, las enfermeras se la llevaron para hacerle los análisis correspondientes. Los padres estaban felices, Javi acarició la melena de su amada y le dio un beso en la frente afirmándole lo bien que lo había hecho.

Todo parecía estar perfecto, el peso de la bebé, su estatura. Hasta que llegaron los resultados de sus análisis. Había aprobado satisfactoriamente todas las pruebas con excepción a una, la de audición. Fue un momento agridulce. Tenían a la bebé que anhelaban, a la cual amaban, que estaba saludable, perfecta, simplemente no podía escuchar. No iba a poder nunca escuchar la voz de sus padres. No iba a poder escuchar el espectacular cántico de su mamá.

Las dudas e incertidumbres los agobiaron, ¿por qué después de tanto orar e intentar Dios permitió que nuestra hija naciera con impedimentos? ¿Por qué ese impedimento de tantos que Dios pudo haber permitido? Ahora parecía hacer sentido todas esas clases de lenguaje de señas que tomaron en la universidad. Ahora hacía sentido por qué tuvieron que pulir esas destrezas cuando Jamie no podía hablar. Parecía que Dios sabiéndolo todo los había preparado para este momento. Aun así, era desgarrador para ellos como padres saber que su hija nunca los iba a poder escuchar, particularmente para Jamie, quien anhelaba poder inculcarle a su hija el amor por el canto. En cambio, todo lo que ella conocería sería el silencio. ¿O habría alguna posibilidad de que ella alguna vez pudiera escuchar?

7

Escucha

Las visitas al hospital parecían interminables. Pruebas, laboratorios, citas con los médicos, el pediatra, el especialista de audición pediátrica, el grupo de apoyo. Parecía que vivían en el hospital. Todo esto le recordaba a Javi la difícil época en la que Jamie estaba internada por el cáncer de garganta.

Javi recordaba en particular la dolorosa noche en que Jamie lo botó de la habitación del hospital. Ella se estaba desahogando con él. Finalmente había abierto su corazón. Parecía que había tocado fondo. Él hubiese deseado haberle dado alguna palabra de aliento, de animarla y fortalecerla. Quién sabe si de esa esa forma hubiese podido ganársela de vuelta, pero prefirió hacer la voluntad de Dios. ¿De qué le servía ganársela de vuelta si ella iba a terminar perdiendo su vida y su alma?

El esposo recordó el preciso momento. Jamie había terminado su línea de pensamiento y esperaba por alguna respuesta de él.

- Escucha – recordaba al Espíritu Santo decir, como si fuera un estruendo.

Javi permanecía en silencio, mientras estaba atento al Consolador.

- Así dice Jehová de los Ejércitos: Por cuanto decidiste cantarle al mundo y alejar tu corazón de mí, te he desechado y te herido con herida de muerte. Pero si tu corazón se arrepiente y vuelve a mí, yo te sanaré y pondré un cántico nuevo en tu boca. Cantarás, pero cantarás solamente para mí, y toda la Tierra sabrá que Yo Soy Jehová.

El predicador se quedó atónito ante la contundente palabra que había recibido.

- Señor, ella literalmente se acaba de abrir conmigo después de todo este tiempo, ¿cómo le voy a decir algo así?
- ¿La amas?
- Señor tú sabes que la amo.
- Pues entonces adviértele.
- ¿Al menos puedo suavizar el mensaje? Porque de la manera en que me lo diste está bien Antiguo Testamento.
- Dilo de la manera que prefieras, pero díselo – le ordenó.
- Canta – finalmente Javi le dijo – Sólo canta. Cuando decidas de verdad en tu corazón cantarle al Señor solamente, entonces serás sanada.

Aunque el efecto inmediato no fue el que Javi deseaba, a largo plazo fue una de las mejores decisiones que pudo haber tomado en su vida. Al escuchar y obedecer la voz de Dios no solamente pudo salvar la vida de su esposa, sino a la larga también salvó su matrimonio. Fue un verdadero milagro. ¿Pudiera Dios hacer un milagro también en la vida de su hija?

Jamie estaba convencida de que era posible. Ella también recordaba los sucesos de su enfermedad claramente. "Sólo canta", recordaba decirse así misma justo antes de expulsar los tumores cancerosos por la boca. "Sólo canta", volvía a recordar.

- Quizás cantando pudiera sanarse mi hija – pensaba para sí.

Todos los días Jamie arrullaba a Jay Jay y le cantaba con todo el amor del mundo, con las melodías más hermosas que ella pudiera cantar. Con un esmero profundo, como si la bebé pudiera escucharla, porque su fe era que quizás algún día, si ella seguía cantándole, pudiera sanarse tal como sucedió con ella.

¡Cuánto deseaba Javi tener la fe de Jamie! El esposo observaba a su amada a diario, cómo ella le cantaba a la bebé sin importar su condición y le estremecía presenciar la fe de ella. La realidad era que él estaba resignado. Había aceptado con paz el hecho de que Dios les había permitido tener una hija con impedimentos. Javi ya había enfrentado demasiadas situaciones como para a estas alturas no confiar en la provisión del Señor. Según como Jamie confiaba que Dios podía sanarla, Javi confiaba que Dios en Su soberanía, tenía un plan; un magnífico plan.

El esfuerzo de la madre fue continuo por mucho tiempo. Hasta que un buen día sucedió algo sorprendente. Por primera vez Jay Jay reaccionó al cántico de su madre. Estaba Jamie cantándole con todo su corazón y en una parte de la canción hizo un tono agudo. Para sorpresa de la madre, la bebé reaccionó con una risa a esa nota tan alta. Jamie estaba que no lo podía creer. Intentó la nota aguda nuevamente y Jay Jay reaccionó de la misma forma. La progenitora continuó intentando con otras notas, pero no logró la misma respuesta. Entonces fue corriendo hasta donde Javi y le mostró el gran descubrimiento, estaban atónitos. La bebé podía escuchar, aunque fuera ese único tono.

Al otro día fueron al especialista pediátrico, quien pudo confirmar sus sospechas. Sorprendentemente la bebé había ganado audición. No sabía cómo, pero había sucedido. Ellos sabían cómo y se lo testificaron, pero como no encajaba con su ciencia, el doctor los dio por locos.

El tiempo fue pasando y Jamie continuó cantándole a la niña, quien iba ganando audición y aumentaba el rango de decibeles que podía escuchar. Pronto, con la ayuda de un dispositivo de asistencia auditiva, iba a poder escuchar normalmente. Sin embargo, Jamie no se conformaba con eso, ella estaba convencida de que Dios podía restaurar su audición por completo. Su Dios no era un Dios de medios, su Dios completaba Sus obras. Según como lo hizo en su vida y en su matrimonio, lo haría también en la vida de su hija.

Años más tarde, en un coliseo lleno a capacidad, estaba Jay Jay cantando, tal como lo había hecho su madre años antes. Parecía que en efecto ella había podido inculcar en ella el amor por el cántico. No obstante, la joven cantante, tenía un auricular puesto, parecía que después de todo no había recuperado su audición. La fe de Jamie era inquebrantable, quizás Dios iba a completar la obra más adelante, o quizás Dios necesitaba dejarla un poco sorda para que otros creyesen que verdaderamente había nacido sorda, sólo Dios sabe.

Independientemente de su capacidad para escuchar, el talento y la unción de la joven eran indudables. Tenía la voz de su madre y el denuedo de hablar por la Palabra de su padre. El impacto de su manera de ministrar fue tal que al finalizar el evento se convirtieron muchas vidas. Una vez concluida la actividad, la joven fue de regreso al camerino en busca de sus pertenencias, y al entrar por el pasillo que la llevaba hasta su destino algo interesante ocurrió. Se quitó el auricular que llevaba puesto en la oreja. ¡Gloria a Dios que hizo la obra! En efecto, ahora podía escuchar.

FIN

Printed in the United States
by Baker & Taylor Publisher Services